Collection je

dirigée par Daniel Simon



Italia Gaeta

# Laide

Couleur livres

*A mes parents,*
*à l'Italie,*
*à l'amour.*

*Merci à ma fille Lea pour ses encouragements et son enthousiasme.*

**Editions [Couleur livres] asbl**
4, rue Lebeau – 6000 Charleroi
Tél. 00 32 71 32 63 22 – Courriel : couleurlivres@skynet.be

ISBN : 978-2-87003-561-0



D/2010/0029/28

www.couleurlivres.be

*La laideur est moins horrible*
*chez un démon que chez une femme.*

William Shakespeare,
extrait de "Le Roi Lear".

*La beauté est à fleur de peau,*
*mais la laideur va jusqu'à l'os.*

Proverbe anglais.

*Il était une fois une nénette*
*Qui d'ordures était faite.*
*Elle était vraiment cracra*
*Et puait comme un putois.*

Tim Burton,
"La triste fin du petit Enfant Huître et autres".

*La Beauté des laids se voit sans délai.*

Serge Gainsbourg.

# Pourquoi ?

Un soir à Londres, bien à l'abri dans sa loge, elle avait tourné la page. Trois gouttes de sang étaient venues tacher la feuille blanche. L'entaille au-dessus de son front était à peine visible. Des larmes s'étaient mêlées au sang. Elle avait froissé la feuille d'un coup sec et l'avait jetée dans la corbeille à papier. Elle se regardait dans le miroir.

"Ce soir, je serai la plus belle pour aller danser... Pour mieux évincer toutes celles que tu as aimées."

– Ne regarde pas dans le miroir la nuit, sinon le diable va venir se poser sur ton épaule pour te tenter, te pousser à faire une grimace. Et tu resteras ainsi pour la vie.

Les mots de sa grand-mère italienne, sa nonna, résonnaient encore en elle.

Mais elle n'avait pas obéi, elle avait regardé, beaucoup !

– Nonna, nonna, le diable est venu, je ne l'ai pas vu, mais regarde ce qu'il m'a fait.

– Jézou, Jézou...

Nonna dodelinait de la tête, les lèvres pincées. Elle se signait.

Elle était la seule à la croire. Les autres ricanaient. Elle, elle lui avait donné la formule magique à répéter matin et soir pour conjurer le mauvais sort.

– Jézou, Jézou, je ne recommencerai plou.

C'était devenu une ritournelle quotidienne pendant des années. Mais rien n'avait changé.

Nonna ! Tous les mercredis en hiver comme en été dans la grande maison près de la Place Vanderkinderen, elle préparait de la polenta pour sa petite, sa seule petite fille : Tempérance.

Elle n'avait jamais su prononcer ce prénom si sec à ses oreilles et il s'était vite transformé en Esperanza.

– Tempérance, maman, Tempérance !

– Ma Toniello, je suis italienne, allore…

Cela expliquait et excusait toujours tout.

Esperanza… espérance… perdue.

**Devant le miroir, elle regardait la nouvelle ride à la commissure des lèvres. Cela ne s'arrêterait donc jamais.**

**"Dans le ventre de maman, j'étais belle à en mourir, belle comme un cœur, belle à en frémir. Dans ce nid noir si douillet, personne pour me regarder, les yeux fermés personne pour me blesser."**

Nonna lui avait raconté comment elle était née : quatorze heures de douleur. Dans les couloirs de l'hôpital Edith Cavell, sa mère hurlait. Rien ne pouvait la calmer et certainement pas le mépris qu'elle lisait dans les yeux de nonna. Elle, elle en avait eu six sans se plaindre une seule fois.

Nonna n'aimait pas sa bru, Isabelle, celle qui lui avait volé son petit dernier, a pitchirille, Toniello, celle qui était trop belle : ses cheveux blonds bouclés auréolaient son doux visage. On aurait dit un ange.

Quand Esperanza priait avec nonna, elle remerciait toujours Dieu.

– Jézou, merci d'avoir envoyé sur la terre ton ange qui est devenu ma maman.

Nonna marmonnait entre les dents en fronçant les sourcils.

– Un ange, peut-être, ma Dio envoie aussi toujours en même temps un ange et un démon.

Ta mère est mi-ange, mi-démon.

Esperanza disait oui avec la tête mais elle n'y croyait pas. Elle savait que sa mère était un ange en entier. Le démon n'avait pas trouvé de place chez sa maman et il était parti ailleurs pas très loin.

– Jézou, Jézou, je ne recommencerai plou.

Son père était beau lui aussi, un dieu. Un dieu et un ange, ses parents.

– Maman, moi aussi je veux des cheveux comme toi.

Elle avait des cheveux noirs, rêches et crépus comme une éponge à récurer. Impossible de les coiffer sans hurler, jamais de tresse, de queue, de nœud, de pinces, juste une tête de hérisson.

Cette nuit-là, Esperanza avait rêvé.

*Elle était dans un long tunnel qui ne finissait jamais. Elle avait mal au ventre et à la tête. Elle ne se voyait pas, il faisait si noir. L'eau l'avait enveloppée d'un coup et elle avait coulé, gluante entre les cuisses de sa mère. Les yeux de sa mère, elle s'était devinée dans leur reflet : elle n'avait vu que du dégoût. Alors, sa mère l'avait prise par la tête et l'avait repoussée dans son ventre loin, très loin et elle s'était perdue dans le néant.*

– Maman, pourquoi nonna dit que tu ne m'aimes pas ?

– Mais je t'aime, Tempérance.

– Maman, tu me regardes ? Pourquoi tu ne me racontes jamais d'histoires ?

– Je n'aime pas les histoires.

– Alors, laisse-moi t'en raconter une. C'est une petite ourse, elle habite dans la forêt. La nuit, elle va dans le village près de la forêt et elle détruit tout : les légumes, les arbres... Le matin, les paysans n'ont plus rien. Alors, une nuit, ils prennent des fusils, ils cherchent l'ourse dans la forêt. Et ils voient une jeune fille danser nue sous la lune. Elle est belle.

– Voilà pourquoi je n'aime pas les histoires, belle ! C'est pas comme cela dans la vie.

– Mais si maman, regarde, toi tu es belle.

La voix d'Isabelle avait tremblé : – Tempérance, Tempérance.

Esperanza avait continué : – Les paysans regardent la jeune fille danser et quand la lune devient pleine, elle se transforme en ourse. Tous les paysans ont peur et ils s'enfuient sauf un. Lui, il se met à chanter et l'ourse danse pour lui toute la nuit. Elle oublie le village, les jardins et ainsi toutes les nuits. Tu sais pourquoi j'aime bien cette histoire, maman ? Je suis sûre que le jeune paysan, il aime voir l'ourse danser, pas la jeune fille, maman, l'ourse !

Les joues d'Isabelle avaient rougi et sa voix s'était durcie.

– Tu rêves, Tempérance, tu rêves.

Esperanza ne voyait pas souvent son père, trop occupé.

Tous les matins, il partait en costume, les cheveux noirs plaqués, les yeux brillants, la moustache frémissante et il rentrait très tard. Il était banquier.

Un jour, nonna avait emmené sa petite fille à l'avenue Louise pour lui montrer la banque.

– C'est à ton père.

La petite fille avait été déçue : – C'est son travail ?

Elle croyait que son papa faisait l'acteur. Il était beau comme Marcello Mastroianni dans *Mariage à l'italienne*. C'était le film préféré de nonna. Toniello le lui avait offert en version originale pour son septantième anniversaire. Parfois quand nonna et Esperanza se retrouvaient seules à la maison, la vieille dame préparait du pop corn et toutes les deux s'installaient au salon pour regarder le film. Esperanza ne comprenait pas grand-chose, mais elle aimait entendre sa grand-mère rire. Nonna lui expliquait les passages les plus drôles, mais Esperanza ne l'écoutait pas vraiment, elle regardait surtout Sophia Loren… la voluptueuse et séduisante Sophia. A force de la fixer, elle avait l'impression qu'un peu de sa beauté traversait l'écran et se glissait sur elle comme la rosée du matin. Elle s'endormait souvent avant la fin du film un sourire aux lèvres. C'était nonna qui la remettait au lit : "Dormi bene, amore."

Nonna était fière de son fils. Sur ses six enfants, il lui en restait deux : Umberto et Toniello. Les quatre autres étaient morts à la naissance à Forino, un trou perdu dans le sud de l'Italie. Nonna avait alors prié :

- Dio, si tu me donnes encore un enfant et que tu le laisses en vie, il sera ton serviteur.

Et c'est comme cela qu'Umberto était devenu curé. Cela ne semblait pas le déranger. Umberto vivait dans un monde à part. Il priait tous les jours avec nonna. Elle lui montrait des images saintes et des photos du pape.

- Un jour, tu finiras comme cela.

Umberto souriait. Il racontait à nonna que parfois, il s'imaginait cloué sur un crucifix, ovationné par une foule en délire… Saint Umberto. Ou alors, il voyait son visage sur des pièces en bronze ou crayonné sur du papier toilette… Le pape Umberto I. Nonna l'encourageait : – Bocca lupo, bocca lupo.

Quand dix ans plus tard, Toniello était né, nonna avait pris cela comme un cadeau du ciel, le mauvais sort était conjuré. Toniello était un bel enfant et si intelligent. Nonna acceptait tous ses caprices. A cinq ans, il ne voulait porter que des costumes. A dix ans, il ne mangeait que du fromage. A quinze ans, ses cheveux étaient aussi longs que ceux d'une fille.

Son diplôme de commerce en poche, il avait quitté Forino et était parti vivre en Belgique pour suivre un amour de vacances, sa mère était désespérée. Toniello avait rompu, mais il était resté à Bruxelles. Il aimait cette ville. Il s'était fait rapidement un réseau d'amis et il avait très vite rencontré Isabelle.

Umberto était devenu le curé de Celzi, un petit village en montagne près de Naples. Il se faisait appeler Don Camillo par tous les villageois. Il aimait taquiner le maire, son Peppone. Umberto n'était pas méchant, seulement très bizarre. A Celzi, tous s'étaient habitués à lui, même le maire. Ils n'auraient pas voulu d'un autre curé. Avec Umberto, la plus petite cérémonie se transformait en carnaval. Quand Esperanza avait cinq ans, toute la famille s'était réunie à Celzi pour fêter Noël et passer une semaine ensemble. C'était après la mort de nonno, le mari de nonna. Esperanza ne l'avait pas beaucoup connu. Il vivait en Italie avec nonna et venait rarement en Belgique. La pluie le déprimait, disait-il.

Esperanza était assise dans l'église au premier rang entre sa mère et son père, sur les genoux de sa grand-mère. La cérémonie s'était déroulée à peu près normalement. C'était le moment de l'eucharistie. Umberto avait pris des rondelles d'œufs à la place des hosties. Esperanza se rappelait le regard horrifié de sa grand-mère et les rires dans l'église. Tout le monde était allé communier en souriant même Toniello et Isabelle. Nonna était blanche, le soir même elle s'était fâchée :

– Umberto, des œufs !
– Ma mama, ils ont toujours faim à la messe de minuit. Et puis je n'ai mis que le blanc, le jaune c'est mauvais pour le cholestérol.

Toniello s'était enfui dans la chambre. Esperanza l'entendait rire. Isabelle s'était mouchée bruyamment. Nonna n'avait pas su quoi répondre.

Esperanza se rappelait de cette folle semaine sur une montagne italienne.

Elle avait tout de suite aimé son oncle, zio Umberto. Il la traitait comme une grande.

– Tu sais, Esperanza, ils croient tous que je n'ai pas toute ma tête. Mais je sais ce que je fais. Je le fais juste avec le sourire.

Un matin, il l'avait appelée "mia bella".

– Papa, cela veut dire quoi, mia bella ?

Toniello avait rougi.

– Umberto, arrête ces bêtises. Tu n'es pas drôle.

Esperanza n'avait jamais eu de réponse à sa question. Pour chaque sortie dans le village, elle était enveloppée dans un grand châle en laine et gantée. Un bonnet recouvrait sa tête, seuls les yeux étaient libres... de voir les autres enfants courir et rire.

– Maman, papa, je peux aller avec eux ?

Ils avaient hurlé ensemble : – Non !

– Tu ne comprends pas la langue, tu te sentirais perdue. Reste avec nous, c'est mieux.

Comme d'habitude, elle avait obéi docile. Seuls les yeux criaient son envie de liberté.

Un soir à Londres, le miroir lui avait renvoyé son regard triste. Ses yeux soulignés d'un trait d'eye-liner et surmontés de faux cils semblaient vides. Elle appliquait de la poudre noire sur les paupières. Comme à chaque fois, elle essayait de ne pas regarder le reste du visage. Un jour, elle réussit à tenir quinze minutes. Quinze minutes sans dévier. Aujourd'hui, c'était raté, à peine quelques secondes avant l'hécatombe… la fin du monde.

C'était après ce séjour à la montagne que nonna avait décidé de venir s'installer en Belgique chez son fils et sa belle-fille près de son Esperanza. La petite allait rentrer à l'école dès le mois de janvier. Toniello était fort occupé par la banque et Isabelle était fatiguée.

Toniello n'avait pas été difficile à convaincre mais Isabelle avait résisté.

– Je suis sa mère quand même. Je saurai la protéger.

Toniello avait insisté :

– Mais Isabelle, c'est une bonne idée. Comme cela, tu pourras reprendre tes formations. Tu m'as dit que le travail te manquait. Mon ange, il y a tellement de cadres supérieurs qui ne savent pas gérer une équipe et qui t'attendent pour régler leurs conflits.

Isabelle avait souri et nonna avait ajouté :

– Vous aurez besoin de quelqu'un pour accompagner la petite à l'école et la reprendre. Quelqu'un pour couper les trop longues langues.

– Nonna, tu vas venir à l'école avec un couteau ?

– Ma no Esperanza, moi, mes yeux sont des couteaux.

Isabelle avait cédé. Esperanza n'avait pas dormi de la nuit. Elle allait rentrer à l'école, jouer avec d'autres enfants. Jusque-là c'était Isabelle qui s'était occupée d'elle mais à six ans, l'école était obligatoire.

Esperanza aimait sa nonna. Le regard de Toniello et Isabelle n'avait fait que l'effleurer pendant ces cinq années. Mais nonna, elle prenait le temps de la toucher, une caresse sur les cheveux. Elle la regardait dans les yeux, elle lui souriait.

Nonna l'avait accompagnée sur le seuil de l'école, "Les petits troubadours", une école de quartier sur l'avenue Winston Churchill. La tête haute, elle dévisageait chaque parent, les défiant presque. – N'aie pas peur petite, je suis là.

Esperanza était trop excitée pour avoir peur. – Ciao nonna.

Mais les couteaux des yeux de sa grand-mère n'avaient pas suffi. Elle était rentrée de l'école, en pleurs.

– Nonna, les autres, ils disent que je ressemble à un éléphant. Ils rient de moi, pourquoi ?

Isabelle avait mis fin à sa pause carrière et elle se replongeait avec délice dans ses séminaires et ses ateliers. Elle avait repris ses voyages à travers le pays.

– Tempérance, je ne serai pas là pour ton premier jour d'école. J'ai un séminaire de trois jours à Bertogne, mais nonna s'occupera bien de toi. Tu me raconteras ? Un baiser furtif.
– Ils rient de moi... Pourquoi ?
– Tempérance, j'ai un souper avec des clients de la banque, je rentrerai tard, mais nonna est là. Bonne journée ma chérie. Un baiser volant.
– Ils rient de moi... Pourquoi ?

Nonna avait pris Esperanza dans ses bras. Elle l'avait accompagnée dans la chambre de ses parents, la seule pièce de la maison qui possédait un miroir.

Esperanza n'avait pas la permission d'entrer dans cette chambre, d'ailleurs la porte était toujours fermée à clé. Nonna avait pris la clé cachée dans l'armoire de la cuisine, elle avait ouvert la porte et elle avait placé la petite fille devant le miroir.

– Pour ça !

– Nonna, nonna, le diable est venu, je ne l'ai pas vu mais regarde ce qu'il m'a fait.

– Jézou, Jézou…

# Il neigeait

Il neigeait.

Isabelle n'était pas venue mais elle avait envoyé des roses blanches. Esperanza les avait jetées immédiatement à la poubelle. Nonna n'en aurait pas voulu, pas une seule de ces pétales pour caresser son cercueil.

Elle ne lui avait jamais pardonné d'avoir quitté la maison.

– Le coup de foudre, ma che ? Jamais tu ne trouveras mieux que Toniello.
– Nonna, cela ne se commande pas.
– Ne m'appelle pas ainsi. Tu n'es plus rien pour moi. Pars, disparais avant que Toniello ne rentre. Tu ne le mérites pas, je saurai le consoler. Vattene !
– Je vais attendre Tempérance, lui expliquer.

Esperanza était derrière la porte du salon mais ni nonna ni Isabelle ne l'avaient vue.

Elle tremblait.

Nonna sifflait : – Puttana !

– Je vous interdis !

Nonna poussait Isabelle vers la porte. Isabelle résistait.

Nonna hurlait : – Puttana !

La vieille dame agrippait les cheveux d'Isabelle. La mère d'Esperanza avait repoussé fermement nonna.

– Vous devriez être contente. Vous allez le récupérer votre petit.

Esperanza avait fermé les yeux.

L'éclat d'une gifle et un cri. Isabelle avait les joues en feu, elle regardait sa fille.

– Tempérance, laisse-moi t'expliquer.

– Je m'appelle Esperanza.

Elle fixait froidement sa mère et elle lui avait presque craché au visage : – Vattene.

Isabelle se mordait les lèvres : – Je reviendrai. Je te raconterai. Promis. Promis.

Esperanza avait dû attendre six mois avant de revoir sa mère.

Après le départ d'Isabelle, Toniello avait gardé la grande maison près de la place Vanderkinderen. Nonna avait changé toute la décoration. Il n'avait rien trouvé à dire. L'intérieur design moderne avait laissé place à des meubles en bois rustiques. La cuisine était garnie d'un vieux poêle en fonte. Nonna adorait cuisiner. La pièce sentait toujours l'ail et les épices. Esperanza avait même eu la permission de repeindre sa chambre. Elle avait choisi le vert pomme.

Le cercueil était ouvert. Nonna semblait dormir. La petite croix dorée qu'elle portait toujours au cou reposait sur ses mains.

Toniello pleurait. Umberto était à ses côtés, il priait. Esperanza était en colère.

Le matin de Noël, nonna ne s'était pas réveillée. Esperanza l'avait secouée en hurlant. Elle l'avait gardée pendant trois heures dans ses bras.

– Pourquoi ? Pourquoi ?

Son père revenait de Venise, un week-end prolongé en amoureux avec sa dernière petite amie. Il était là à midi pile pour déguster les délicieuses lasagnes de nonna.

Il avait dû arracher son corps des bras d'Esperanza. Elle ne voulait pas le lâcher, elle se débattait. Son père l'avait giflée et enfermée dans sa chambre pour la calmer.

Elle s'était sentie dépossédée de sa grand-mère. Elle n'avait plus dit un mot. Cela faisait trois jours.

Les voisins entraient et sortaient. Toniello et Umberto avaient respecté les dernières volontés de nonna.

Son collier en perles autour du cou, la robe noire en dentelle et ses nouvelles chaussures. La petite croix entrelacée autour de ses doigts brillait. Tous pouvaient la voir pour un dernier salut.

Elle s'en était fait des amis en dix ans : des vieux Italiens nostalgiques de leur vie d'avant, les Polonaises avec qui elle faisait un poker tous les mardis soirs et le club des "Dentiers souriants" comme elle les appelait, des vieux avec qui elle partait en excursion pour découvrir des villes ou des endroits insolites. Elle emmenait souvent Esperanza avec elle.

Ses vieux compagnons s'étaient habitués à la petite, mais aucun ne la regardait comme nonna.

Dans ces yeux-là, Esperanza oubliait parfois son visage. C'était devenu un jeu.

– Mia Bella.

– Mais nonna, je ne suis pas belle.

– Regarde-moi Carina, dans ce miroir-là, tu es la plus belle.

Et elles gloussaient de plaisir. Elles se jetaient l'une sur l'autre, se chatouillaient jusqu'à ce que l'une déclare forfait : – Basta.

– Je ne serai plus jamais belle. Esperanza n'avait plus que ces mots en tête.

Pendant trois jours, elle avait refusé d'entrer dans le salon, elle restait dans sa chambre même pour manger.

La dernière nuit de la veillée, elle était descendue aux toilettes. Depuis les escaliers, elle entendait les ronflements de son père et de son oncle dans le salon. Elle s'était approchée, elle avait poussé doucement la porte. Du seuil, elle voyait Toniello et Umberto sur le canapé. Ils dormaient profondément.

Elle avait fermé les yeux, avancé de cinq pas et s'était tournée vers la gauche.

– Je suis juste à côté d'elle.

Elle avait lancé les mains devant elle. Elle touchait le bois du cercueil. Toujours les yeux fermés, elle avait continué à avancer et les mains remontaient doucement sur un tissu… pour enfin atteindre ses mains à elle. Le bout des doigts sur la croix, elle avait ouvert les yeux.

– Nonna…

Le visage était glacé, nonna sentait le citron.

Umberto gémissait dans son sommeil. Esperanza s'était pressée vers la cuisine. Elle avait pris des ciseaux et elle avait coupé une mèche de cheveux de sa grand-mère. Elle s'était précipitée dans sa chambre. Elle pleurait.

Le lendemain, il neigeait. C'était Umberto qui avait célébré la messe. Il n'avait plus un seul cheveu sur la tête. Il était ému. La cérémonie n'avait pas dérapé une seule fois. Il parlait de mort, de résurrection et d'amour. Esperanza était déçue. Nonna s'en allait bien tristement.

Au moment de l'Eucharistie, Esperanza s'était avancée vers l'autel, elle avait tendu les mains. Umberto avait baissé les yeux pour y déposer l'hostie et il avait vu un oeuf cuit dur et pelé. Il avait regardé sa nièce et tous deux avaient éclaté de rire, des sanglots secouaient leurs épaules, des larmes inondaient leur visage qu'ils cachaient de leur main.

Umberto s'était assis sur les marches de l'autel, incapable de continuer. L'église se vidait rapidement. Les gens étaient tout à coup très pressés. Ils n'étaient plus que trois et ils chantaient devant le cercueil.

– Tu te rappelles Toniello, la Loren ?

*Tu vuo' fa' ll'americano*
*mericano, mericano...*
*sient'a mme chi t' 'o ffa fa' ?*

Esperanza revoyait nonna... les jupes remontées.

*Tu vuoi vivere alla moda,*
*ma se bevi whisky and soda*
*po' te siente 'e disturba'...*

Nonna imitant La Loren, une fausse cigarette au coin des lèvres.

*Tu abball' o' rocchenroll*
*tu giochi a baisiboll...*
*ma e solde p' e' Ccamel*
*chi te li dà?*
*la borsetta di mammà !?*

Des éclats de rire, des éclats de larme... Les dernières notes de la chanson s'étaient perdues dans les sanglots de Toniello et Umberto tombés dans les bras l'un de l'autre.

*Tu vuo' fa' ll'americano*
*mericano, mericano...*
*ma si' nato in Italy !* [1]

Esperanza était rentrée à la maison. Elle avait laissé son père et son oncle se rendre seuls au cimetière d'Evere pour accompagner nonna. Elle ne voulait pas y mettre les pieds.

1 "Tu vuo fa l'Americano", musique du film *It started in Naples*, 1960, de Melville Shavelson avec Clark Gable, Sophia Loren, Vittorio de Sica. Chanté par Sophia Loren.

Le soir même, Françoise donnait une boum chez elle pour fêter ses quinze ans. Elle n'habitait pas très loin de chez Esperanza, sur l'avenue Brugmann. Toute la classe serait là, Esperanza le savait, alors elle s'y était invitée.

Au début, les autres avaient été gentils. Elle avait perdu sa grand-mère, quand même !

Mais les heures passant, les vieilles habitudes refaisaient surface.

– Hé Trompette, fais attention quand tu bois, mouille-pas ton nez.

– T'as oublié de te raser ce matin ?

– T'assieds pas Mascarpone, tu vas casser le fauteuil.

– L'écureuil, t'as fait tes réserves pour l'hiver ?

Ils étaient implacables, rien ne leur échappait. Elle était calme, les écoutant attentivement.

Son attitude commençait à les gêner, surtout les filles.

– Ça suffit, maintenant. Tire-toi, tu vas gâcher la soirée.

Mais elle avait la permission de minuit et comptait bien en profiter.

Les parents de Françoise réapparaîtraient à ce moment-là aussi et tous ces crétins autour d'elle redeviendraient de gentils et serviables adolescents.

Elle avait sorti sa pantoufle de vair : une bouteille de whisky dérobée à Toniello.

Elle la secouait devant le nez de Fred et Akim comme une carotte. Ils l'avaient suivie dans la salle de bain et là, cela avait été très vite.

Fred et Akim se refilaient tantôt la bouteille, tantôt Esperanza. Ils riaient et l'injuriaient.

Elle ne disait rien, elle se laissait faire.

Du sang plein la culotte…

L'acte était consommé. Sa virginité pour une bouteille de whisky. C'était pas cher payé.

Dans la cuisine, Fred et Akim mimaient le dépucelage d'Esperanza dans tous les détails. Ils riaient tous en la regardant.

Elle se réajustait tout en fixant Fred et Akim, un sourire aux lèvres et elle avait fait le geste de sa grand-mère : elle avait tourné l'index sur sa joue et pincé ses lèvres. Quand nonna s'était régalée d'un plat, elle faisait la même chose : "Mmmmmm !"

Fred et Akim avaient pâli. Le silence s'était fait. Les regards avaient changé de direction, les sourires ironiques visaient maintenant les deux garçons.

Akim avait rougi : – Salope ! Salope !

Esperanza s'était lentement dirigée vers la porte : – Ciao !

Elle avait entendu Françoise en parler à Maria.

– Ma sœur ma l'a dit, la première fois que tu fais l'amour, t'as l'impression que tout le monde le voit. Tu te sens changée, cela se lit sur ton visage.

Elle avait la même sensation, elle était sûre que chaque regard porté sur elle lisait sa perte. Elle avait envie de leur crier à tous : le chauffeur de bus, les caissières du Delhaize, les marchands du night shop et les Marocains du coin.

– Elle est morte, ma nonna est morte ! Quoi qu'il m'arrive maintenant, elle sera toujours l'absente. Une blessure à vie, un trou.

Elle avait emporté au cimetière sa culotte pleine de sang. Elle avait creusé de ses mains la terre devant la tombe de nonna et y avait enterré la culotte.

# Rouge

Elle était rentrée les mains écorchées, les ongles noirs. Toniello et Umberto n'avaient pas compris. Elle s'était enfermée dans sa chambre et elle avait méthodiquement tout cassé : déchiré les livres, griffé les CD, piétiné les draps... Les deux hommes essayaient d'entrer.

– Esperanza, ouvre, ouvre.

Elle ne répondait pas, elle continuait à tout fracasser sur le sol, cadre de photo, chaise, parfum...

– Esperanza.

Le silence était revenu encore plus menaçant. Toniello et Umberto avaient peur. Ils transpiraient et avaient du mal à déglutir. Toniello avait couru jusqu'au garage. Il revenait hors d'haleine, un pied de biche à la main. Umberto, à genoux, parlait à travers la serrure.

– Esperanza, ti prego... Ti prego... Ouvre-moi.

Ils avaient tous deux défoncé la porte. Esperanza était au milieu de la chambre affalée sur les draps maculés d'encre, ses vêtements lacérés pendaient ridiculement autour de son corps. Son bras pissait le sang, les ciseaux maculaient ses genoux, des touffes de cheveux comme des pelotes de laine traînaient sur le sol. Les deux mains crispées, Esperanza regardait au loin, le visage vide de tout.

Elle était petite encore. Nonna habitait chez eux depuis deux mois à peine et déjà elles étaient devenues inséparables, deux âmes sœurs. Isabelle avait repris le yoga pour retrouver le contact avec son corps, se re-sentir femme.

Nonna se moquait.

– Femme ? Ma che, tu étais quoi alors, un champignon ?

Toniello riait. Une discussion avait éclaté. Esperanza ne comprenait pas tout. Elle les regardait l'un après l'autre et s'amusait à comparer la couleur de leur visage, leur geste et l'intensité de l'orage dans leurs yeux.

Nonna se retirait très vite laissant la dispute s'envenimer entre son fils et sa bru. Elle prenait Esperanza dans ses bras, la berçant doucement en embrassant ses cheveux.

Isabelle, à bout d'arguments, avait hurlé.

– Tu peux dire ce que tu veux, je m'en fous. Le bruit est la peau du silence. Et elle avait quitté la pièce.

Esperanza n'avait jamais oublié cette phrase, elle la trouvait belle comme sa mère.

Esperanza se berçait doucement d'avant en arrière, elle n'avait aucune conscience de l'agitation autour d'elle. Elle était seule dans un cocon de silence.

Le médecin à l'hôpital Brugmann avait préféré la placer en psychiatrie : – Elle doit être surveillée.

"Des tubes plein le nez, plein les bras et toi, Esperanza qui ne veux pas.
Des jours et des nuits, les yeux grands ouverts, la bouche fermée, le cœur... brisé et toi, Esperanza qui n'attends que ça.
Dans ces longs couloirs blancs, tunnels de la mort
A petits pas doucement, je glisse et je m'endors."

*Le soleil brillait tellement fort qu'elle avait mal aux yeux. Une charrette s'était arrêtée devant elle, des hommes et des femmes, un foulard sur la tête. C'est sûr, ils partaient au champ. Une femme la regardait intensément. Esperanza ne la reconnaissait pas. Elle avait une robe fleurie et autour de son cou sa petite croix dorée.*

– *Nonna, c'est toi ? Comme tu es jeune, comme tu es belle.*

– *Carina, ne reste pas ici. Retourne là-bas, ce n'est pas encore le moment pour toi.*

– *Non je ne veux pas, je veux rester avec toi, nonna !*

– *Tu ne peux pas, carina. Pars, pars...*

*La charrette s'éloignait.*

*Nonna s'était mise à danser la tarentelle et les autres battaient des mains et riaient.*

– *Nonna, nonna...*

Pendant des jours et des nuits, le même départ, la même rencontre, la même attente et la même déception.

– Nonna, nonna...

Un soir à Londres, elle avait ouvert le tiroir, la boîte se trouvait sous ses strings en dentelle. C'était son premier cadeau pour la fête des grand-mères. Une boîte de camembert peinte et décorée d'une photo, elle et nonna. Elle l'avait prise dans la chambre de sa grand-mère à son retour de l'hôpital. Elle avait collé une photo de Sophia Loren sur sa tête. Maintenant, sur la boîte, nonna tenait tendrement entre ses bras, la belle Loren. Elle aurait aimé ça, nonna. Elle avait retiré le couvercle et elle avait caressé la mèche de cheveux.

- Nonna, nonna.

Elle avait très vite replacé la boîte dans le tiroir. Elle avait porté la main au front. Elle sentait l'entaille sous les doigts. Ça piquait un peu. Le regard baissé, elle n'osait plus se défier dans son reflet. Aujourd'hui, elle en avait déjà trop fait. Alors, elle avait éteint la lumière et continué à s'habiller dans le noir. Les bas en soie étaient doux, elle avait choisi le peignoir en plumes d'autruche. Elle se dirigeait dans la pénombre, les mains en avant. Elle avait trouvé la porte. Elle était sortie et s'y était appuyée un instant pour reprendre son souffle, elle avait mal au cœur.

Quand elle était revenue à l'école, Fred et Akim avaient essayé de blaguer : – Tarée ! Tarée !

Elle s'était retournée et elle avait craché juste devant leurs pieds. Les deux garçons étonnés étaient restés muets. La cloche avait sonné la reprise des cours.

– Yassine, à toi, paragraphe suivant.

– Entre deux battements, le cœur s'arrête une fraction de seconde. Entre deux et huit minutes après l'arrêt du cœur, le tissu nerveux dégénère. Le foie disparaît à la troisième semaine, le cœur à partir du cinquième mois.

Elle avait calculé. Encore quinze jours et nonna n'aurait plus de cœur.

– Et il va où, madame, le cœur ?

Mademoiselle Legrand, le professeur de sciences naturelles de l'athénée Charles Janssens avait laissé tomber la craie sur le sol.

Dessiné sur le tableau, un corps humain se remplissait au fur et à mesure de la lecture du texte. Il avait déjà gagné un cerveau, un foie, une rate et un cœur.

– Mais enfin, Tempérance, tu te moques de moi ?

Quand mademoiselle Legrand lui parlait, elle ne regardait jamais Esperanza en face. Elle fixait un point au-dessus de la tête de la jeune fille. Esperanza s'était décoloré les cheveux. Ils étaient jaunes d'œuf.

Dans la classe, les autres n'osaient pas sourire. La jeune fille faisait presque peur.

– Elle est allée chez les fous !

Dans la cour, les rumeurs circulaient.

– Elle s'est ouvert les veines.

– Elle a mis le feu à sa chambre.

Et la pire de toutes : – Elle a attaqué son père avec des ciseaux.

Comme d'habitude, Esperanza était seule sur son banc. La matinée semblait interminable, elle voyait Fred et Akim discuter entre eux. Un petit mot passait de banc à banc. Il provoquait des gloussements et des regards en coin.

C'est à la récréation que les graffitis étaient apparus. Sur le mur des toilettes, dans le couloir et dans la cour :

– Tempérance, la folle à lier !

Ecrits en rouge, la couleur avait bavé sur chaque mot. On aurait dit des taches de sang. C'était sinistre !

Le directeur était en colère. Il voulait un coupable, mais personne ne se dénonçait. Toute la classe avait eu une retenue, un samedi matin à l'école. Tous sauf elle.

– Je vous préviens, si je trouve d'autres insultes de ce genre, vous reviendrez tous en retenue et pour bien plus longtemps. Plus aucune raillerie d'aucune sorte envers Tempérance. J'espère que vous m'avez bien compris.

Mais le directeur n'avait aucun pouvoir sur les ragots dans la cour.

Accolée au mur près du petit marronnier, Esperanza mangeait sa tartine.

– Carina, à dix heures, pain et mortadelle pour le plein d'énergie.

Les tranches de pain étaient tachées de rouge. Esperanza s'essuyait discrètement le bout des doigts sur son jeans.

Rouge…

– Mama, mais pourquoi ? On vend toutes sortes de sauce aujourd'hui.

Toniello avait insisté, mais comme toujours nonna avait tenu bon.

Le dimanche après la messe, elle avait invité la signora d'en haut, la signora au foulard à fleurs et la signora au petit chien.

Mercredi après-midi, tout était prêt. Nonna était allée prendre Esperanza à l'école. Elle attendait les signora.

Dans la petite cour du jardin, une longue table en bois, des bouteilles de bière vide, des bassines d'eau bouillante et des tomates à n'en plus finir. L'odeur du basilic faisait tourner la tête à Esperanza.

Nonna accueillait les signora en leur offrant un tablier et un foulard pour couvrir leurs cheveux et le travail commençait. Couper les tomates en quartier, les mettre dans les bouteilles et chanter. Le jardin se remplissait d'airs napolitain et sicilien.

Les vieilles dames remontaient leur manche. Le visage, chaud de sueur, elles ouvraient le col de leur robe. Leurs mains étaient rouges, le parfum des tomates les enivrait presque, elles commençaient à danser sur place. Nonna avait pris un morceau de tomates et elle l'avait jeté sur la signora au petit chien. Cela avait déclenché une véritable bagarre. Les vieilles dames s'amusaient comme des folles à s'envoyer des tomates en pleine figure.

Esperanza était au milieu de la table, elle s'occupait du basilic : une feuille dans la bouteille vide, une autre au milieu et une troisième au-dessus de tout avant de fermer.

Elle s'était retrouvée le visage couvert de tomates et pliée en deux de rire. Les vieilles dames et la petite fille s'essuyaient le visage avec les mains et elles mangaient avec gourmandise la bouillie ainsi récoltée.

"Com'è buono." La meilleure purée de tomates de leur vie.

Les bouteilles de bière remplies et fermées devaient bouillir pendant au moins deux heures. Le temps de prendre un espresso avec une part de Tiramisu.

– Carina, tu sais comment il s'appelle ce gâteau ? Remonte-moi le moral !

Nonna et les signora avaient ri, elles s'étaient assises au soleil pour déguster café et douceur tout en séchant.

Esperanza aimait se coller à elles et les renifler. Elles lui caressaient la tête comme pour un chien. Elles ne la voyaient pas vraiment, mais Esperanza se sentait heureuse d'être ainsi incluse dans leur clan. La même cérémonie s'était répétée pendant trois ans au mois d'août. Nonna avait nommé ce moment spécial : la journée "remonte-moi le moral" .

Mais la signora d'en haut était tombée malade et elle avait été transportée dans un home.

– Une niche pour vieillards !

– Nonna c'est vrai, elle est dans une niche ?

– Oui, carina, il ne manque plus que les croquettes.

La semaine suivante, la signora au petit chien était tombée, elle s'était cassé le pied et elle était partie vivre chez sa fille. Le petit chien avait été envoyé à la fourrière.

Et la signora au foulard à fleurs perdait la tête. Elle était allée faire des courses et elle avait erré des heures en rue ne sachant plus où elle habitait, ni ce qu'elle faisait là.

La petite Esperanza avait entendu son père en parler avec nonna.

– La maladie... Malzémer...

Esperanza se demandait pourquoi la signora avait le mal de mer à Bruxelles et pourquoi cela avait l'air si grave.

Cet été-là, pas de longue table dans le jardin, nonna utiliserait dorénavant les conserves de tomates que Toniello ou Isabelle lui rapportait du magasin. Nonna s'était vite habituée, c'était moins fatigant.

Mais Esperanza n'avait jamais retrouvé le goût de ces journées-là, la douceur et la chaleur de cette sauce-là, jamais. Encore aujourd'hui...

# Au bonheur tranquille

Après l'enterrement de nonna, Umberto s'était installé chez Toniello. Il attendait qu'Esperanza sorte de l'hôpital. Il voulait s'assurer que tout aille bien. Dès le retour d'Esperanza, Umberto était reparti dans son village sur la montagne. Toniello avait passé les premiers soirs à la maison, mais il n'arrêtait pas de consulter ses mails, d'envoyer des SMS et de s'isoler pour téléphoner. Elle était assise sur le canapé du salon et elle l'entendait rire dans la cuisine. Sa tête bouillonnait.

– Sa mère est morte et il rit. Salaud ! Esperanza le détestait.

Isabelle lui avait proposé de venir passer quelques jours à la maison.

– Cela fera plaisir aux garçons de te voir.

– Maman, tu rêves ! Albin et Alexandre sont comme tous les autres. Je leur fais peur.

– Mais non, Tempérance, tu es leur sœur. Ils t'aiment.

Elle avait ricané.

– Je les ai entendus la dernière fois. Je passais devant leur chambre, la porte était ouverte. Ils disaient que j'étais un monstre.

Isabelle avait pâli, elle ne savait pas quoi répondre.

Isabelle !

Esperanza avait dû attendre six mois pour revoir sa mère quand elle avait quitté la maison.

Six mois pendant lesquels Isabelle s'était installée dans sa nouvelle vie. Esperanza avait retrouvé sa mère dans une jolie maison, une villa, en Ardenne avec son amoureux, Alfred, un chauve bedonnant et bigleux. Isabelle était enceinte de jumeaux. Elle n'arrêtait pas de dire qu'elle était heureuse. Cela énervait Esperanza.

Isabelle et Alfred avaient même donné un nom à leur maison "Au bonheur tranquille". Tranquille, c'est sûr... Un vrai somnifère !

Esperanza n'était là que depuis une heure qu'elle avait déjà envie de s'enfuir. Elle s'était affalée devant la télévision et elle mangeait des chips poivre et sel, ses préférés.

– Tu veux que je fasse des spaghettis à la sauce tomate comme souper ?
– Non, je n'aime que ceux de nonna.

Isabelle avait essayé à plusieurs reprises de l'intéresser à sa vie, en vain.

– Tempérance, viens on va se promener.

Esperanza n'en croyait pas ses oreilles, sa mère lui proposait une sortie. Elle allait montrer sa fille aux gens du village. Esperanza sentait poindre un espoir en elle.

Mais elle avait vite déchanté. Dès qu'elles avaient quitté la maison, elles avaient tourné à gauche et s'étaient rapidement engagées dans un bois obscur sans âme qui vive.

– Je ne comprends pas. Ce bois est magnifique et pourtant jamais personne ne vient, jamais.
– C'est peut-être un bois enchanté habité par des loups ou des ogres. Les gens ont peur.
– Tempérance, à onze ans, tu sais très bien que tout cela n'existe pas.
– Pourtant aujourd'hui, maman je suis dans ce bois.

Isabelle avait rougi et s'était mise en colère.

– Tu n'es ni un loup, ni un ogre.

– Maman, pourquoi tu ne me regardes pas ?

La colère montait.

– Mais je te regarde, Tempérance, je ne fais que cela. Là, je te regarde.

– Non, tu ne t'arrêtes pas sur moi, tu vois à travers moi.

Le reste du week-end, Isabelle ne s'était plus retrouvée seule avec Esperanza. Alfred, toujours au milieu, le gentil Alfred, fade et ennuyeux comme le pain sans sel qu'il devait manger pour son régime.

– Tempérance, aurais-tu l'amabilité de me donner la corbeille à pain, s'il te plaît ?

Alfred regardait Esperanza dans les yeux quand il lui parlait. Mais c'était toujours à ce moment-là qu'il enlevait ses lunettes pour les essuyer et ses yeux posés sur la petite fille ne devaient pas voir grand-chose. Tempérance en était persuadée.

"Il faudrait la même chose pour les autres. Des lunettes pour ne pas me voir vraiment, avec de gros verres ! Je les aurais dans ma poche et si quelqu'un voulait me parler, je les lui prêterais."

Elle avait passé le reste du week-end à essayer de construire ces lunettes. Comme elle ne trouvait pas de verres suffisamment épais, elle avait attendu qu'Alfred soit sous la douche pour prendre ses lunettes laissées sur le meuble de sa chambre. Elle avait tenté d'enlever le plastic autour pour y mettre sa propre décoration, mais pendant la manipulation, elle avait cassé les verres. Elle avait tout ramassé et jeté dans la corbeille de sa chambre.

– Isa, Isa…

Isabelle avait accouru dans la chambre. Elle en était ressortie donnant la main à Alfred.

– Tempérance, Alfred ne trouve plus ses lunettes. Tu ne les aurais pas vues ?

Isabelle avait fouillé toute la maison en vain.

Heureusement pour lui, Alfred avait une paire de rechange. Les verres étaient encore plus gros. Ses yeux ressemblaient à deux extra-terrestres prisonniers d'un aquarium.

Le lendemain matin, en rangeant la chambre d'Esperanza, Isabelle avait trouvé les lunettes cassées. Esperanza avait été punie : plus de télévision, plus de chips, plus de sortie…

La petite fille était restée toute la journée du dimanche dans la cuisine, les bras croisés sans dire un mot.

Quand Isabelle l'avait ramenée à Bruxelles, elle ne s'était pas attardée.

– Carina, ta maman est bien pressée de partir. Son mollusque l'attend ?

C'est comme cela que nonna appelait Alfred. Elle disait qu'il était mou comme une moule.

Lors de l'un de ces fameux week-ends “Au Bonheur tranquille”, avant l'arrivée des jumeaux, Isabelle avait demandé à sa fille d'appeler Alfred papa.

– Quoi ?

Je sais que ce n'est pas ton papa. Mais comme cela, vous vous rapprocherez. Tu pourrais l'appeler papa Alfred ou Papalfred. Enfin, je ne sais pas, réfléchis et tu me diras.

Esperanza avait tout raconté à nonna. La vieille dame était furieuse.

– Mais pour qui, il se prend le mollusque ?

Elle avait réfléchi et éclaté de rire.

– Carina, dis-lui que tu l'appelleras papagallo, c'est un beau nom et il lui va très bien.

– Oh, nonna. Esperanza aussi souriait.

Elle prenait des leçons d'italien avec sa grand-mère. Elle avait déjà appris le nom de certains animaux : papagallo, perroquet.

Ainsi pendant plusieurs mois, la petite fille avait appelé Alfred papagallo.

– Tempérance, quelle est donc la signification de ce mot ?

– Cela ne veut rien dire, je l'aime bien, c'est tout.

Alfred était très fier de son petit nom.

Un dimanche soir, Isabelle avait ramené Esperanza à Bruxelles. Toniello l'avait accueillie. Il portait un jean noir et un tee-shirt blanc. Il était bronzé et beau à faire vomir les mouches comme disait nonna. Isabelle était troublée, cela se voyait. Elle avait les joues rouges et ne tenait pas en place.

– Tu veux une tasse de café ?

– Non, merci. Alfred m'attend au centre ville, au Sheraton. On y a pris une chambre pour la nuit. On repart demain matin.

– Ce cher Alfred ! Tout se passe bien avec lui ? Et de la tête, Toniello avait montré Esperanza.

– Oh oui, Tempérance lui a même donné un gentil surnom : papagallo.

Toniello avait souri. Isabelle perdait pied, elle n'arrêtait pas de se frotter les mains et elle regardait sa fille. Esperanza baissait la tête.

Isabelle devenait agressive. – Quoi ?

– Papagallo, un gentil surnom ? Perroquet ?

Esperanza s'était enfuie dans sa chambre.

– Jézou, Jézou…

Quinze jours plus tard, Isabelle et Alfred l'avaient accueillie comme si de rien n'était. Mais sa mère ne lui avait plus jamais demandé d'appeler Alfred, papa !

# Luis Mariano

Nonna parlait très bien le français. A cinq ans lors de son séjour dans le village italien sur la montagne, Esperanza en avait trouvé la raison toute seule.

– Nonna, toi tu es née avec deux langues. Et tu sors de ta bouche la française ou l'italienne quand tu en as besoin.

Sa grand-mère avait dû ouvrir très grand la bouche pour lui prouver qu'elle n'avait qu'une seule langue. La petite fille était émerveillée.

– Tu fais comment alors ? C'est magique ?

Nonna souriait fièrement.

En Italie, elle avait suivi des cours de français. Deux fois par semaine, elle prenait le pullman avec Toniello, l'autobus pour aller à la ville voisine, Avellino.

Une heure de route pour trois heures de cours.

Elle avait raconté à Esperanza que nonno n'était pas content. Ces soirs-là, elle rentrait tard et le souper n'était jamais prêt à temps. Il se moquait d'elle.

– A quoi ça sert ?

Elle ne lui répondait jamais. Au début, ces cours lui permettaient de surveiller Toniello et puis elle s'était prise au jeu.

Le plus difficile avait été de trouver un prénom français, elle les trouvait tous moches.

Finalement, après avoir découvert les films de Luis Mariano au cours d'une leçon, elle s'était appelée Violette.

*L'amour est un bouquet de violettes,*
*Ce soir, cueillons cueillons ces fleurettes…*

Elle avait regardé avec délice “Violettes impériales”. L’intrigue ne l’intéressait pas du tout, mais Mariano était beau, avec un sex-appeal qui rendait nonno aussi séduisant qu’une lavette usée.

C’était la meilleure élève du groupe III, Toniello était dans le groupe I, les juniors.

Nonna avait suivi tout le cursus et avait terminé son diplôme en poche, première de sa classe.

Nonno ricanait et nonna se fâchait en français.

– Tou es jaloux, voilà tout !

Le professeur, Monsieur Dupré, installé à Avellino depuis quinze ans, avait organisé un voyage à Paris pour le groupe des seniors. Une semaine pour visiter la capitale, se confronter à la langue... et elle avait pensé, peut-être, rencontrer Luis Mariano et lui demander un autographe.

Mais nonno avait refusé.

– Tu restes ici. Il n’y avait rien à ajouter.

Monsieur Dupré lui avait ramené une petite tour Eiffel en verre. Elle l’avait gardée longtemps sur le buffet de la cuisine jusqu’au jour où par inadvertance, nonno l’avait laissée tomber.

– Scusi !

– Dis nonna, ton nonno, il avait pas l’air gentil. Tu l’aimais bien, toi ?

– Carina, quand j’étais jeune, j’étais bête. Dans mon petit village, à quinze ans, toutes les filles étaient déjà fiancées. J’ai voulu faire comme les autres. Carina, promets-moi, ne fais jamais cela, jamais.

– Mais, nonna moi, je suis pas comme les autres. Personne veut être mon amoureux.

– Toi, carina, ton amoureux, c'est moi et je t'aime comme ça.

Nonna ouvrait les bras le plus possible et Esperanza s'y réfugiait.

# Sylvie Vartan

Dans la cour de récréation, la petite fille était assise sur le banc rouge près de la porte. Les autres enfants s'étaient habitués à elle.

– Tempérance, tu viens jouer ?

Mademoiselle Cécile, l'institutrice, les y avait encouragés.

– C'est très bien, amusez-vous tous ensemble.

Mademoiselle Cécile était gentille et presque aussi belle qu'Isabelle.

– Tu dessines bien, ma chérie.

Rouge… Oui, c'est cela.

Bravo, Tempérance, tu as bien rangé les jeux.

Esperanza aimait Mademoiselle Cécile et nonna aussi.

Il restait encore les regards des parents à la sortie de l'école.

Mais nonna était là. En quelques jours, elle les avait tous mis dans sa poche.

– Un morceau de panettone ? C'est la recette originale. – Le livre que vous m'avez conseillé était très intéressant vraiment !

Nonna l'avait détesté.

– Mamma mia, c'est n'importe quoi ! La Patricia Highsmith, elle met des morts et du sang partout.

Devant les grilles de l'école, les parents s'affairaient tous autour de nonna. Mais dès qu'Esperanza apparaissait, les regards devenaient absents, les yeux se posaient ailleurs pleins de pitié. Nonna faisait semblant de ne pas comprendre et elle s'acharnait encore plus à les conquérir les uns après les autres.

– Chère madame, les fleurs de courgette doivent être trempées dans la pâte délicatement. – Si, si, il s'agit d'*Une journée particulière*, d'Ettore Scola, un chef-d'œuvre à voir absolument.

– Buon compleano, carina.

Esperanza avait ouvert son cadeau : un recueil de contes.

– Une histoire par soir pendant un an pour grandir en rêvant. Toniello, n'oublie pas de passer chercher le gâteau chez Fontaine à quatorze heures. Isabelle, les chaises doivent être ici pour quinze heures. Tu vas avoir une belle fête, carina, pour tes six ans.

Ils étaient venus : Françoise et sa maman, Hugo et son grand-père, Dylan et son grand frère, Maria et sa cousine…

Esperanza avait choisi sa robe : une bonbonnière rose bonbon à volants. Elle avait voulu des boucles anglaises.

La séance chez le coiffeur avait été un vrai supplice. Le grand miroir renvoyait en permanence le regard effaré de la coiffeuse, Tina.

– Je… Elle a un cheveu particulier. On ne peut pas faire grand-chose. Peut-être un brushing pour … heu… mettre sur les oreilles.

Isabelle, gênée, avait accepté. Tina avait placé la petite fille à l'entrée du salon de coiffure mais les regards insistants des passants et leur arrêt bouche bée devant la vitrine était vite devenu insupportable pour Isabelle.

– Par pitié, mettez-la derrière, derrière !

– Maman, je suis laide ?

Tina avait lancé un regard effrayé à Isabelle.

– Dépêchez-vous !

– Maman, je suis laide ?

– Tais-toi, tais-toi, tais-toi !

Isabelle avait hurlé en serrant les poings. Esperanza était rentrée à la maison les yeux rouges et gonflés de larmes.

– Ma carina, che cose è ?

Isabelle s'était enfermée dans sa chambre.

– Je n'en peux plus. Je n'en peux plus.

C'est nonna qui avait accueilli tout le monde. Elle avait coupé le gâteau, ils avaient tous chanté bon anniversaire et offert les cadeaux. Esperanza avait reçu une Barbie, des bijoux de fantaisie et du maquillage.

Les adultes s'étaient retirés dans la grande cuisine pour boire du café et un verre d'asti. Toniello secondait sa mère souriant et prévenant. Isabelle avait refusé de les rejoindre. Elle lisait dans la chambre.

Les enfants riaient. Ils étaient entrés en trombe dans la cuisine.

– On a maquillé Tempérance.

La radio passait au même moment la chanson de Sylvie Vartan.

*Ce soir, je serai la plus belle pour aller danser.*

Les grosses lèvres débordaient de rouge, les dents elles-mêmes étaient tachées.

*Pour mieux évincer toutes celles que tu as aimées.*

Les boucles d'oreille en forme d'éléphant rendaient les oreilles de la petite encore plus longues.

*Ce soir, je serai la plus tendre, quand tu me diras...*

Les enfants avaient souligné son mono-sourcil par un gros trait de crayon jaune fluo.

*Tous ces mots que je veux entendre murmurés par toi.*

La poudre rose était déposée en tas sur l'épais duvet de ses joues.

*Aller danser, là, là, là*
*Aller danser, là, là, là...*

Le serre-tête en pierres rouges dévoilait son front bosselé.

*La plus belle pour aller danser.*
*Aller danser, là, là, là*
*Aller danser, là, là, là...*
*La plus belle pour aller danser.*

Les parents avaient envie de rire, leurs yeux brillaient et ils réprimaient difficilement un sourire.

Nonna avait pâli.

– Jézou, Jézou.

Elle avait renvoyé tout le monde prétextant un pénible et persistant mal de tête.

Toniello rangeait en sifflant. Isabelle l'avait rejoint. Intriguée, elle dévisageait son mari, mais le regard fermé de nonna lui interdisait toute question.

– C'est pas grave, mamma. C'est vrai que c'était drôle.

Esperanza était dans son bain. Elle avait entendu nonna crier en italien. C'était le signe. Nonna était très fâchée.

Depuis ce jour, la vieille dame ne traînait plus devant l'école avec les autres parents. Fini les échanges de recettes, de titres de livres ou de films.

Il n'y avait plus eu de fêtes d'anniversaire avec d'autres enfants. Esperanza avait reçu des invitations, mais elle n'avait pas eu la permission d'y aller.

Les anniversaires se passeraient désormais en famille.

# La couche-culotte

Un soir, nonna lui avait lu une histoire de son recueil de contes : le prince grenouille.

– Toi aussi, carina, un jour quelqu'un viendra et te verra comme tu es vraiment, douce et intelligente.
– Et belle aussi ?
– Oui, à l'intérieur.
– Nonna, pourquoi je suis comme ça dehors ?
– C'est le diable qui t'a joué un vilain tour. Il t'a jeté un mauvais sort.

Et tous les soirs, la vieille dame et sa petite fille priaient.

– Jézou, Jézou, je ne recommencerai plou.

C'était leur secret. Esperanza faisait semblant d'y croire et nonna n'était pas dupe.

Au fil du temps, le rituel s'était modifié. La prière était devenue une chanson, rythmée différemment chaque soir : jazzy, reggae, tango…

Esperanza y avait même ajouté une chorégraphie. Quand Isabelle avait quitté la maison pour Alfred, nonna avait prolongé la prière.

– Jézou, Jézou, je ne recommencerai plou. Alfred, Alfred, t'es qu'un trou du cou.

Esperanza avait appris cette nouvelle expression à sa grand-mère qui en raffolait et l'utilisait à tout venant.

Mademoiselle Cécile s'était mariée. Elle allait quitter l'école, elle changeait de ville. Sa remplaçante était venue se présenter. Elle ne lui arrivait pas à la cheville. Pendant toute la journée, elle avait parlé à Esperanza en fixant la pointe de ses cheveux et en essayant d'être le plus loin possible de la petite fille.

Esperanza avait apporté une poésie à Mademoiselle Cécile. Nonna l'avait aidée pour les mots difficiles.

*Pour mon institutrice, mademoiselle Cécile.*
*Que j'aime tant quand elle bat des cils.*
*Avec vous, j'irai même sur une île.*
*Et j'ai pas peur de passer pour une imbécile.*
*Je t'aime très fort, mademoiselle Cécile.*

– Tempérance, merci, c'est très beau !

– Comme vous, mademoiselle !

– Tempérance...

Mademoiselle Cécile était partie et Esperanza avait perdu sa seule alliée dans l'école. Elle était retournée dans l'anonymat parmi les autres de la classe.

Dans la cour de récréation, la petite fille était assise toujours seule sur le banc rouge près de la porte. Plus personne n'encourageait les autres enfants à la rejoindre, à la comprendre. Esperanza lisait. Elle passait son temps à lire des romans, des recueils de contes ou des poésies. Elle se remplissait de beaux mots. Qui sait ? A force...

Elle ne se mêlait pas aux autres et eux ne la côtoyaient pas non plus. Une froide indifférence jusqu'au jour où elle était rentrée à l'Athénée Charles Janssens.

Toniello la déposait tous les matins en voiture. Elle évitait ainsi la torture du métro, de tous ces yeux posés sur elle. Mais l'école était pleine de nouveaux visages, de nouveaux regards.

– Quand on a une gueule comme ça, on reste chez soi.

Akim était le plus féroce. Les premières semaines avaient été terribles. Toniello et Isabelle avaient été convoqués. Nonna les avait accompagnés. Alfred n'avait pas été invité.

– J'ai peur que votre fille ne soit pas bien acceptée au sein de sa classe… et même de l'école. C'est le souffre-douleur des garçons.

Esperanza s'était repliée davantage. Elle avait eu la permission de passer toutes les récréations dans la classe à lire et nonna était là à midi pile. Elles allaient manger un sandwich au snack du coin : un panini mozzarella-tomates.

C'était nonna qui venait chercher Esperanza à la fin des cours. Elles rentraient toutes les deux à la maison en tram. Pendant tout le trajet, nonna n'arrêtait pas de parler, de raconter des blagues idiotes ou de chanter. Elle capturait l'attention de sa petite fille. Elle croyait la rendre ainsi inconsciente de ces autres regards tournés vers elle, regards de pitié, de dégoût, d'étonnement.

Nonna était son rayon de soleil, sa boisson "énergétisante", son rempart.

Même Akim se tenait à carreaux devant la vieille dame. Elle l'avait repéré à la sortie et elle l'avait réduit en miettes en quelques mots.

– Giovanotte ! C'est toi qui es si gentil avec ma petite fille. Tiens, je t'ai apporté un morceau de panettone. Donne-moi le bras pour m'aider à traverser, il paraît que tu es si aimable.

Elle était mielleuse. Elle l'avait agrippé et ne le lâchait plus. Elle s'était mise à parler très fort en italien en pleine rue. Akim essayait de partir. Mais la vieille dame avait crié plus fort.

– Je dois faire caca. Ma couche-culotte est pleine, je le sens. Brave petit. Tu m'accompagnes aux toilettes pour m'aider à me changer ?

Akim avait pâli. Esperanza avait rejoint sa grand-mère à ce moment-là et Akim s'était enfui soulagé.

Désormais, il ricanait de loin en voyant Esperanza mais ni lui, ni sa bande ne s'était plus approché de la jeune fille.

C'était la vieille dame qui allait à toutes les réunions de parents. Toujours le même discours : intelligente mais renfermée, peu participative, asociale. Nonna s'emportait à chaque fois.

– Ils ne te connaissent pas. Ils ne font aucun effort. Ils s'arrêtent à ce qu'ils croient voir. Stupido ! Tous ! Moi, je sais qui tu es, carina. Je sais comment tu ris, comment tu dors, comment tu chantes… mia bella.

– Nonna, je ne suis pas belle.

– Regarde-moi, carina, dans ce miroir-là, tu es la plus belle, et elles gloussaient de plaisir.

Maintenant, nonna n'était plus là.

– Nonna, tu t'habilles en noir pour qu'on te voie mieux au milieu de la neige ?

– Mais Tempérance, où vas-tu chercher tout cela, c'est idiot ce que tu dis.

Nonna avait pincé les lèvres et fait un clin d'œil à la petite fille. Esperanza savait ce que cela voulait dire, c'était un code entre elles. Elles en parleraient tout à l'heure rien qu'à deux.

Esperanza mangeait sa tartine grillée et couverte de confiture aux myrtilles. Quelque chose la tracassait encore, la bouche pleine elle s'était écriée.

– Mais nonna, la nuit comment tu fais pour qu'on te voie ?

– Tempérance, ça suffit !

– Mais Isabelle, la petite ne fait rien de mal. Elle s'informe.

Nonna avait pris sa voix douçâtre, celle qu'elle utilisait pour rendre l'autre ridicule.

Toniello derrière le journal ne bronchait pas.

# La communion

La mort, l'enterrement, l'hôpital, le sang…

La vie avait repris : les cours, les week-ends à Bertogne, les soirées dans sa chambre et le silence.

Toniello lui parlait de ses journées à la banque, il l'interrogeait sur l'école, rien. Chez sa mère, elle prenait en charge les repas pour les jumeaux. Elle faisait de grandes promenades dans la forêt avoisinante sans un mot.

A l'école, aussi plus une parole. Elle étudiait, elle était même excellente lors des contrôles écrits, mais sa bouche ne s'ouvrait plus. Elle semblait loin des autres, dans un ailleurs qu'elle seule pouvait connaître.

Elle remplissait des pages entières de mots et elle les jetait aussitôt à la poubelle. Elle avait fait un agrandissement d'une photo de nonna dans la cuisine, devant son poêle en fonte. Au verso de la photo, elle avait écrit un acrostiche :

**Nonna,**
à **N**ulle autre pareille
**O**rageuse
**N**imbe de la nuit
**N**ourrice divine
**A**moureuse infinie.

Elle avait aussi épinglé une affiche sur le mur de sa chambre. Elle l'avait remplie de mots couleur de sang :

"Il ne me reste rien. Tu es partie. Tu étais donc comme les autres. Non, pas toi… Murée derrière le vide de ma vie, sans toi, je capitule. Je n'existe plus. Ton regard n'est plus là pour me ressusciter à chaque fois."

Esperanza portait le deuil jusque dans ses sous-vêtements. Noire, obscure comme un corbeau et sans voix. Elle s'était acheté des lunettes de soleil, elle les avait toujours sur le nez. A l'Athénée, les professeurs s'étaient fatigués inutilement.

– Tempérance, ôte ces lunettes.

Elle avait même été convoquée chez le préfet. Il avait voulu lui enlever de force. Elle avait poussé un cri strident de bête battue.

Toniello et Isabelle étaient inquiets. Ils s'étaient réunis d'urgence un dimanche soir à Bertogne.

– Il faudrait qu'elle se change les idées. Elle sombre chaque jour un peu plus. J'ai peur qu'elle ne fasse une dépression nerveuse.

– Elle pourrait venir vivre ici à Bertogne avec nous.

– Isabelle, franchement, tu crois que cela changerait quelque chose.

Isabelle n'avait rien répondu. Cela n'était pas nécessaire.

– On n'est pas à la hauteur Isabelle, ni toi, ni moi.

Toniello avait courbé la tête et il pleurait.

– Tu n'as jamais pleuré pour moi.

Les mots avaient franchi ses lèvres sans qu'elle ne s'en rende compte. Trop tard ! Ils se regardaient aussi étonnés l'un que l'autre. C'est Alfred qui avait rompu le silence embarrassant.

– Et pourquoi ne pas l'envoyer un temps en Italie ?

– En Italie, chez Umberto ?

Toniello n'avait pas l'air de trouver l'idée mauvaise.

– Mais chéri, qu'est-ce qu'elle ferait là-bas ? Il n'y a que des vieux. Et Umberto est quand même assez spécial non ?

Toniello avait souri tristement.

– C'est peut-être de cela dont elle a besoin, quelqu'un de spécial !

– Je veux faire ma communion comme les autres.

– Si carina, tu vas la faire.

– Mamma !

Toniello avait baissé la voix. – Rappelle-toi son anniversaire !

– En tout cas, moi je refuse de me donner en spectacle.

– Isabelle, tu exagères !

– Je veux faire ma communion !

Isabelle avait l'air bien décidé.

– Eh bien, Tempérance, c'est non !

– Ma Toniello, c'est un péché, la petite doit être sous la protection de Dio.

– Franchement, nonna, cela ne lui a pas beaucoup servi jusqu'à aujourd'hui.

– Peccato ! Péché !

La voix de nonna était devenue stridente. Isabelle, les bras croisés et la bouche dure, campait sur ses positions.

– Je veux une robe blanche, une fête et des cadeaux. Je veux faire ma communion. !

Esperanza s'était mise à pleurer.

– Tempérance, il est l'heure d'aller te coucher. Dis bonsoir à nonna et à papa.

La petite fille hurlait et tapait des pieds sur le sol. Elle ne s'était jamais mise dans un état pareil.

– Regardez, Isabelle, comme Esperanza a de la peine.

– Dites tout de suite que je suis une mauvaise mère.

– Mamma, Isabelle, je vous en prie. Calmez-vous, je vais monter la petite et on en discute quand je redescends.

Ils avaient parlé une bonne partie de la nuit. Esperanza s'était cachée sur la palier de l'étage et elle les écoutait. Elle s'était endormie avant la fin du conflit. Nonna l'avait trouvée couchée en chien de fusil près des escaliers. Elle l'avait prise dans ses bras pour la mettre au lit. Esperanza avait ouvert les yeux.

– Carina, tu l'auras ta communion !

La petite fille s'était endormie souriante.

La cérémonie avait eu lieu en Italie, dans le village d'Umberto. Isabelle était absente.

– Je ne veux pas être hypocrite, je n'irai pas et puis j'ai beaucoup de travail pour l'instant.

Dans l'avion, Esperanza était assise entre Toniello et nonna. Les hôtesses de l'air étaient aux petits soins pour elle grâce à Toniello. Aucune femme ne résistait au charme de son père quand il avait décidé de l'exercer. Là, il était le Dieu Apollon incarné. Il souriait sans arrêt et toujours un compliment à offrir.

Nonna était fière.

– Toniello, tu es un vrai séducteur !

– Comme toi, mamma.

Umberto avait décoré l'église pour l'occasion. Il avait entouré toutes les statues de papier doré et argenté. De longues bandes de tulles multicolores tourbillonnaient à partir du haut plafond du vieux bâtiment pour s'écraser au sol parsemé de fleurs blanches.

Umberto avait placardé un avis sur la porte :

*Je célèbre la communion*
*D'Esperanza dont je suis le tonton.*
*Vous êtes tous invités*
*A y assister.*
*Attention, le premier qui rit*
*Je l'excommunie.*

Toniello semblait embarrassé.

– Umberto, tu crois pas que tu y vas un peu fort ?

– Ma no, Toniello, Umbè il a raison. Il sait comment tenir sa paroisse.

Umberto avait préparé Esperanza à sa communion, une version expresse du catéchisme. La petite fille n'avait rien compris, elle ne pensait qu'à la fête qui l'attendait.

Pendant une semaine, elle avait vécu sur un petit nuage. Elle était allée choisir sa robe avec nonna à Avellino. Elle en avait essayé une à dentelles et à fines bretelles. Esperanza ressemblait à un gros loukoum. La petite fille commençait à pleurer.

Sous l'œil meurtrier de nonna, les vendeuses du magasin étaient tout miel.

– Ma si vous voulez, signora, on peut reprendre un peu derrière pour élargir le tout et changer les bretelles pour que ce soit plus résistant. Il faudrait juste une semaine !

– Deux jours ! La voix de nonna avait claqué.

Elle avait sorti son portefeuille. – Et vous aurez une commission.

Les vendeuses avaient finalement accepté.

Dans la rue, Esperanza serrait très fort le bras de sa grand-mère.

– Ça veut dire quoi une commission ?

– Carina, ça veut dire “de quoi se faire belle”.

– Mais elles sont déjà belles, nonna.

– Il y en a qui n'en ont jamais assez.

La petite avait marmonné entre ses dents sans que nonna l'entende.

– Moi, je voudrais bien juste un petit peu de commission.

Les gens du village s'étaient déplacés pour remplir les rangs de l'église et faire ainsi plaisir à leur cher curé. Le maire avait même annulé un conseil communal. Il avait demandé à tous ses conseillers de se rendre à la cérémonie avec lui.

Umberto l'avait fièrement annoncé la veille à son frère.

– Quel brave homme, dommage qu'il ne croie pas en Dieu.

Esperanza était debout derrière l'autel à côté d'Umberto. Nonna avait piqué les cheveux de sa petite fille d'une centaine de pâquerettes.

Umberto était fier comme un pape. La célébration avait duré plus d'une heure. Umberto avait formé une chorale pour l'occasion : le vieux fossoyeur, le cordonnier, la boulangère et sa sœur. Ils chantaient l'Ave Maria avec des voix de crécelle qui déchiraient les oreilles.

Nonna avait allumé la bougie qu'Esperanza tenait. C'était une bougie à l'effigie de Sophia Loren, un trésor réalisé par un artisan de village.

Esperanza était heureuse.

– C'est le plus beau jour de ma vie.

Nonna avait invité la chorale au repas de fête : du bacchalat, des morceaux de morue frits et des pâtes à l'huile avec des noix et noisettes.

Le vieux fossoyeur avait apporté une guitare désaccordée et ils avaient chanté des chansons napolitaines toute la soirée. Esperanza déballait ses cadeaux : des livres, des CDs, une chaîne en or… Umberto lui avait offert une robe de nuit horrible qu'Esperanza avait tout de suite adorée. La boulangère avait apporté un gâteau à la crème fraîche écoeurant de sucre. Esperanza en avait tellement mangé qu'elle avait vomi une bonne partie de la nuit.

La petite fille s'était enfin assoupie.

*Elle était dans une sorte de duplex, couchée sur le lit du rez-de-chaussée : une grande pièce très éclairée, elle était nue. Sa robe blanche était à l'étage dans la mezzanine. Elle pouvait la voir. Elle voulait aller la prendre pour l'enfiler, mais un monstre l'en empêchait, un genre de serpent en corde à sauter qui la frôlait sans arrêt. Esperanza avait peur. Le monstre s'était approché encore. Il avait des yeux. Elle connaissait ce regard. C'était...*

– Nonna, nonna, maman est un monstre.

# Là-haut sur la montagne

– C'est peut-être de cela dont elle a besoin, quelqu'un de spécial !

Esperanza avait pris l'avion jusqu'à Naples. Elle n'avait qu'une petite valise : juste quelques culottes, un pantalon, un soutien-gorge, deux pulls et trois tee-shirts... noirs.

Isabelle avait voulu ajouter quelques vêtements colorés, mais sa fille avait tout jeté par terre et fermé la valise à clé. Elle avait reçu indifférente le baiser de Toniello et Isabelle.

– Tu nous écriras ?

– On t'aime, ma chérie.

Elle avait chaussé ses lunettes noires pour qu'ils ne voient pas le mépris dans ses yeux.

Dans l'avion, le message de bienvenue du commandant en italien avait agi sur elle comme un grand verre de whisky. Son corps s'était relâché, ses lunettes avaient glissé sur le bout du nez. Elle s'était endormie profondément un sourire béat sur les lèvres.

**Un soir à Londres, elle s'était démaquillée dans l'obscurité. Elle avait retiré les sous-vêtements l'un après l'autre et les avait pliés sur la chaise. Elle connaissait son corps par cœur, chaque courbe, chaque creux. Elle avait pris la bouteille d'eau bénite dans sa valise. Comme après chaque séance, elle en avait aspergé chaque centimètre carré de sa peau, du cou jusqu'aux orteils. Le visage ne méritait pas de tels égards.**

Zio Umberto l'attendait à l'aéroport. Il avait l'air heureux de la voir.

– Esperanza, Esperanza ! Quelle chance, je vais pouvoir exercer mon français.

Son diplôme de français en poche, nonna s'était lancé comme défi d'apprendre cette langue à son fils Umberto. Il était jeune séminariste et ne revenait au village que rarement. Nonna lui avait alors enregistré des leçons sur des cassettes audio qu'elle lui envoyait régulièrement accompagnées de devoirs et de contrôles.

Au fil du temps, cette langue était devenue leur lien privilégié. Quand Umberto séjournait chez ses parents, sa mère et Toniello lui parlaient uniquement en français. C'était comme un jeu. Et Umberto aimait jouer. Nonno trouvait qu'ils étaient tous les trois complètement fous.

– Pazze, pazze !

Ils avaient pris le pullman jusqu'à Forino, le village voisin de Celzi.

– Viens, on va chez Giuseppe.

Au pied de la montagne, une fermette avec deux chevaux et deux poneys.

Umbert avait disparu dans la cuisine. Esperanza s'était approchée des poneys. Ils avaient l'air gentil, mais ils puaient le rat mort.

– Esperanza, viens, ils ont attelé Jézou.

Une charrette tirée par un âne !

Zio Umberto !

Esperanza avait déposé sa valise dans la carriole et s'était assise à côté de son oncle tenant fièrement les rennes.

– Avanti, Jézou !

La montée avait duré presque deux heures. Ils avaient fait une halte pour manger un morceau : du pain, du pécorino et des tomates encore chaudes de soleil.

Jézou réclamait sa part. De belles carottes garnissaient le fond du panier. Umberto les bénissait avant de les offrir à l'âne.

– Au nom du père, du fils et du Saint Jézou. Amen !

Esperanza se régalait. Elle était rentrée à la maison.

– Avant, Esperanza, j'avais une voiture. Tu te rappelles ? Ma depuis que Giuseppe a ouvert son "ranch" , j'utilise toujours Jézou pour grimper ici. Le dimanche des Rameaux, je me sens comme Jésus.

Esperanza avait assisté à la messe du soir. Pendant la cérémonie, l'envie l'avait prise d'assister son oncle dans son "œuvre". Elle serait son enfant de chœur. Umberto avait accepté avec enthousiasme. Esperanza avait cousu elle-même sa robe d'enfant de chœur. Son oncle lui avait ramené le tissu le matin même du marché d'Avellino. Il lui avait acheté une étoffe blanche. Et une bande de tissus soyeux rouge.

– Tu la fais comme tu veux Esperanza.

Elle avait découpé deux grands cœurs. Elle les avait cousus sur l'étoffe blanche et elle l'avait transformée en poncho. Elle avait décidé de garder ses vêtements noirs sous la tunique. Le dimanche suivant, coiffée de ses cheveux décolorés, elle ouvrait le chemin vers l'autel, suivie par son oncle fier comme un cochon sans queue. La rumeur avait vite envahi le petit village montagnard et tous les villageois étaient présents à la messe du soir.

– Esperanza, tu me portes chance. Ils sont tous venus ce soir comme pour la Noël.

Ils avaient passé une partie de la nuit à regarder les cassettes de Don Camillo avec Fernandel.

– Ta nonna me les avait toutes envoyées. Elle disait que c'était très bien pour mon français.
– Zio, tu as déjà entendu parler la croix, toi ?
– La croix ? Jézou ?
– …
– Moi, Esperanza, des voix, j'en entends beaucoup.
– Ça ne te fait pas peur ?
– Non, elles me tiennent compagnie quand je suis seul.
– Qu'est-ce qu'elles te disent les voix ?
– Oh, un tas de choses. Elles me rappellent quand j'ai oublié quelque chose. Elles m'aident à trouver mon chemin. Elles m'éclairent quand je ne sais pas comment faire. Ce sont elles qui m'ont guidé vers Giuseppe et son âne Jézou.
– Et nonna, elle te parle aussi ?

Les yeux d'Umberto s'étaient remplis de larmes, son visage s'était figé. Il avait tout à coup l'air si triste et si vieux.

– Non pourtant, je l'appelle, mais elle ne vient pas. Je crois qu'elle est fâchée.
– Mais de quoi zio ?
– Je ne suis devenu ni pape, ni martyr.

Esperanza avait essayé de raisonner Umberto mais il était parti se coucher l'âme en peine.

Elle était restée debout près de la chambre de son oncle. Elle avait collé l'oreille contre la porte. Elle l'entendait pleurer à gros sanglots. Assise sur son lit, elle réfléchissait et elle souriait.

Elle avait attendu une heure. Son oncle dormait. Elle avait entrouvert la porte de sa chambre. Il ronflait. Elle s'était approchée sur la pointe des pieds et elle avait murmuré dans son oreille.

– Umbè, Umbè, ti voglio tanto bene. Je suis fière de toi.

C'est comme cela que l'appelait nonna : Umbè...

Esperanza était restée une partie de la nuit à lui susurrer ces mots à l'oreille. Si Umberto bougeait et faisait mine de se réveiller, Esperanza courait se cacher derrière la porte. Elle attendait quelques minutes et quand les ronflements recommençaient, elle reprenait sa litanie.

– Umbè, Umbè...

La nuit avait été courte. Les cheveux aussi en pagaille qu'un poulailler dévasté, Esperanza avait rejoint son oncle dans la cuisine. Il irradiait.

– Ciao Esperanza. Elle est venue, mama m'a parlé cette nuit. Et il s'était mis à valser avec le balai avant d'entamer un rock endiablé et de l'envoyer planer au sommet du frigo.

Esperanza riait. Elle avait bu une grande tasse de café très fort et mangé une épaisse tranche de pain beurrée.

Elle n'aimait pas le café, mais nonna l'adorait.

Pendant quinze jours, elle avait servi la messe dans sa tunique à cœurs. Elle avait beaucoup de succès. Quand elle passait pour la quête, les billets s'accumulaient dans le panier décoré par ses soins. Elle avait découpé des croix dans du carton doré et dessiné des cœurs traversés d'une flèche sur du papier grenat. Elle avait collé un cœur sur chaque croix et elle avait fait des dizaines de petites guirlandes avec ces croix. Une guirlande par panier.

Comme chaque été, le village se remplumait. Les familles se retrouvaient. Les jeunes envahissaient les ruelles pendant deux mois. Le premier soir, l'église était pleine à craquer. Au premier rang, les neveux, les nièces et les petits enfants. Esperanza avait reconnu dans leurs yeux le regard d'Akim. Ils étaient venus au spectacle. Elle avait retiré sur-le-champ sa chasuble à cœurs et était partie se réfugier dans la maison d'Umberto. Elle n'avait plus jamais servi la messe de tout l'été. Pendant deux mois, Esperanza était restée dans le jardin de son oncle. Allongée sur un transat, elle lisait et elle écrivait. Elle avait commencé un recueil de poésies qu'elle avait appelé *Nuit noire.*

Umberto rentrait tous les midis, ils mangeaient des tomates-mozzarella et elle lui lisait ce qu'elle avait déjà écrit. Umberto était si impressionné qu'il avait demandé à la jeune fille de lui écrire un poème sur le péché. Il était prêt pour le dernier dimanche des vacances.

Esperanza s'était glissée dans le fond de l'église. Elle était entrée par la petite porte de la ruelle. Personne ne l'avait vue. L'homélie commençait.

*Une toile blanche glisse sur tes hanches*
*Caresse, hardiesse, désir et volupté*
*Ton visage pâle recule l'instant fatal*
*Le vent caresse tes cheveux et tu te crois heureux*
*Mais tu es seul sans foi sans loi*
*Et dans la nuit tu feules*
*Tu te leurres pauvre pécheur et tu meurs.*

Les visages des villageois et des touristes reflétaient leur étonnement. Ils se regardaient et riaient.

Cachée derrière la statue de Saint Antoine, Esperanza entendait tous les commentaires à la sortie de la messe.

– Cette fois-ci, il est devenu fou. J'ai rien compris à ce qu'il a dit.

Le maire était rouge de plaisir.

– Celle-là, il ne nous l'avait pas encore faite. Matinée poésie à l'église. Brave Umberto !

Esperanza avait enfin quitté sa statue pour rejoindre son oncle près de l'autel. Il n'était pas seul.

– La voilà justement !

Un jeune homme en jeans et tee-shirt la regardait venir un sourire sur les lèvres. Elle s'était sentie devenir de glace. Il avait avancé la main.

– Salve, je m'appelle Lorenzo. J'ai bien aimé ta poésie.

– Elle en a un cahier tout rempli à la maison. *Nuit noire.*

– Un jour, tu m'en liras une page ?

Elle avait haussé les épaules et le regardait froidement, mais il insistait.

– Je reviendrai à Noël et je passerai. Ciao Esperanza. Et il était sorti de l'église.

– Zio, pourquoi tu lui as raconté tout cela ?

Elle se sentait en colère. Son havre de paix était menacé.

– Scusi, mais je croyais... Tu sais, je suis tellement fier de toi. Il était... Il bégayait triste soudain.

– C'est bon, zio, oublie. De toute façon, il viendra pas. T'en fais pas.

Elle était bien décidée à ne pas laisser un autre regard la salir, la réduire au vide, au néant.

Un soir à Londres, elle avait chaussé ses lunettes de soleil et mis son chapeau à large bord qui cachait son visage. Le taxi l'attendait, toujours le même chauffeur. Il l'avait déposée sans un mot à son hôtel. C'était la consigne. Pas une parole. Elle était fatiguée. Elle ne voulait rien manger. Elle s'était déshabillée et glissée dans la fraîcheur des draps. Dans l'obscurité, sa main était partie à la recherche de son cahier sur la table à côté du lit. Elle l'avait mis contre son corps comme chaque nuit. L'autre main refermée sur la mèche de cheveux de nonna, elle s'était endormie.

– Esperanza, tu m'en feras encore des poésies ?

– Et comment, zio !

Ils avaient ri. Elle avait fait la paix.

Comme tous les dimanches soirs, Toniello avait appelé. Esperanza lui avait juste dit quelques mots.

– Oui, ça va.

Quand Isabelle téléphonait, elle refusait de lui parler. Umberto était chargé de rassurer ses parents et de leur transmettre son désir. Rester encore en Italie… et ne pas les voir pour l'instant.

– Tu sais Zio, ils ne savent même pas que j'écris. Ils ne se sont jamais intéressés à ce que je suis dedans. Ils ont du mal à me regarder. Je suis leur échec, leur vilain petit canard sans lendemain.

Umberto tentait de les défendre, mais c'était peine perdue.

– Nonna, j'étais son cygne. Et aujourd'hui, zio, sans elle, je coule et je me noie.

# Les laxatifs

– Mamma, ce sont des clients importants de la Banque, Monsieur Verscueren et son secrétaire. Je préfère les inviter au restaurant pour discuter affaire. De toute façon, Isabelle a une formation en province ce soir, elle dort là-bas.

– Je ferai des lasagnes, Toniello, et un tiramisu. Ils vont adorer.

Nonna avait tellement insisté, Toniello avait cédé sans grand enthousiasme.

– Mais Tempérance, mamma ?

Nonna avait rougi.

– Elle sera couchée.

Nonna s'était surpassée. Les lasagnes étaient délicieuses. Le chianti pétillant agissait sur l'humeur des invités. Ils étaient gais et pleins d'entrain. Le tiramisu avait été servi au salon accompagné d'un amaretto glacé. Ils se régalaient. Esperanza avait surgi.

Les yeux bouffis, elle avait fait un cauchemar et elle pleurait. Ses cheveux en bataille faisaient penser à un nid d'aigle piétiné. Elle portait la chemise de nuit qu'Umberto en toute naïveté, lui avait offerte, celle que Toniello et Isabelle avait jetée dans la poubelle, celle qui avait amené de la colère dans les yeux de nonna, celle qu'Esperanza avait récupérée quand tout le monde dormait et qu'elle endossait la nuit en cachette. Elle était rose, les manches étaient longues et fermées par des boutons en forme de tête de mort et le devant de la robe de nuit portait une inscription en lettres vertes et baveuses : “I'm not a monster”.

Les clients de Toniello étaient restés bouche bée, le verre d'amaretto collé aux lèvres.

… Un ange passe…

Ils avaient éclaté de rire. Ils en pleuraient. Nonna était pétrifiée. Toniello avait emmené la petite dans sa chambre, mais il n'arrivait pas à la calmer. Elle voulait sa grand-mère.

– Couche-toi, elle va venir.

– Non, veux nonna.

Toniello avait redescendu les marches quatre à quatre. Ses invités s'essuyaient les yeux en s'excusant.

– Le vin, sans doute, mais qui est cette délicieuse enfant ?

Le ton ironique n'avait échappé à personne. Toniello avait répondu d'une voix enrouée et à peine audible.

– C'est ma fille. Elle te réclame, maman.

– Je vous sers le café et je monte.

Nonna avait pris Esperanza dans ses bras et elle avait chanté. Sa voix rauque berçait la petite fille et les mots napolitains l'enveloppaient comme une chaude couette de tendresse.

– Mais mamma, tu es folle ? Qu'est-ce qui va arriver s'ils découvrent ce que tu as fait ?

– Toniello, jamais ils n'imagineront que la charmante vieille dame italienne a trafiqué leur café. Ils penseront à une indigestion… Ils l'ont bien mérité et basta.

Nonna avait tout raconté à Esperanza. Elle avait mis dix cachets de laxatif dans les cafés des invités.

– Ils sont sûrement allés aux toilettes pendant toute la nuit.

– Pourquoi t'as fait ça ?

– Ils ont été très méchants. Ils se sont moqués.

– De qui, nonna ?

– De nous tous, carina…

Esperanza n'avait jamais retrouvé la chemise de nuit offerte par Umberto. Toniello l'avait brûlée dans le garage et il n'avait plus jamais invité de clients à la maison. Il n'avait d'ailleurs plus jamais invité personne à la maison.

# O.B.

Dans la cuisine de la petite maison d'Umberto, Esperanza pleurait, ses épaules tremblaient. Son oncle s'était assis près d'elle, les mains jointes.

– Quand ta nonna avait cinq ans, elle a eu une vilaine bronchite et elle a failli mourir. Sa mère a prié San Antonio pour la sauver. Et le grand Saint a fait ce miracle. Pour le remercier, la maman de ta nonna lui a fait porter la bure du Saint pendant une année entière, une tunique en grosse toile, un cordon autour de la taille et des sandales aux pieds. Une année entière ! Les enfants sont cruels. Ils se moquaient tous d'elle. Mais elle, elle était fière. Elle ne se sentait pas comme les autres. Le grand Saint l'avait reconnue et l'avait sauvée. Les vilains canards, c'était eux. Esperanza, tu es un peu de cette petite fille dans sa robe de toile, San Antonio te protègera.

C'était la première fois qu'Umberto lui faisait un discours aussi long. Esperanza ne connaissait pas cette histoire, mais elle pouvait facilement imaginer nonna petite fille défiant tous les gamins du village. L'effort de son oncle pour la réconforter la faisait sourire. Saint Antoine te protègera ! Pauvre zio.

– Et si on se regardait don Camillo en Russie ? Ils avaient couru dans le salon heureux et insouciants pour un instant.

Esperanza avait beaucoup maigri depuis la mort de nonna, vingt kilos d'innocence perdue. Elle cachait son corps sous des pulls et des pantalons informes.

– Je m'en fous. De toute façon, ça sert à rien.

Au village, ils avaient pris l'habitude de la voir habillée comme un sac aller chez Mario le boulanger ou Alfredo le boucher.

Alfredo avait le même prénom que le beau-père d'Esperanza, mais il ne ressemblait en rien au mollusque. Il était aussi musclé et basané qu'Alfred était flasque et pâle. La Belgique était bien loin !

Toutes les semaines, elle donnait à son oncle une liste de livres à acheter à Avellino. Elle faisait son choix sur Internet. Le seul lien avec le monde extérieur qu'elle avait gardé. Elle avait laissé son GSM et ses jeux électroniques à Bruxelles, sans regret.

Son père était prêt à lui payer ses moindres envies, elle, elle ne rêvait que de lire.

Elle venait de recevoir le livre de contes d'Italo Calvino, Fiabe. Elle l'avait commandé en italien. Elle lisait couramment dans les deux langues.

Au dernier coup de fil, Toniello l'avait encouragée.

– Il paraît que tu lis beaucoup et que tu écris. C'est bien. Tu me montreras ?

Elle avait regardé son oncle et haussé les épaules.

– Encore un baratineur, comme l'autre.

Un matin, elle était allée chez le vieux Tonio, le berger. Elle lui avait demandé de lui tondre sa tignasse.

– Mais j'ai jamais fait ça.

– Imagine que je suis un mouton.

Le vieux Tonio l'avait prise sur ses genoux et il s'était amusé.

Les cheveux d'Esperanza tombaient jaunes et brûlés en tas sur la prairie. Tonio riait. Esperanza avait touché son crâne rasé et ravie, elle avait embrassé la joue râpeuse du vieux berger.

En la voyant, son oncle avait souri. Il lui avait acheté un bonnet pour l'hiver en forme de mouton.

L'été s'éloignait. Les touristes, les jeunes, la famille, ils avaient tous quitté le village. Esperanza pouvait de nouveau s'y promener. Elle s'y sentait bien, en sécurité.

Pour les villageois, c'était la "nipotina" du curé. Ils l'acceptaient tous comme elle était. Esperanza sentait même parfois une certaine tendresse dans leur regard.

Un soir à Londres, elle s'était réveillée avec un mal de tête persistant. Elle avait des crampes. Elle reconnaissait ces symptômes. La journée de travail serait fichue. Elle allait rester au lit allongée dans le noir jusqu'au lendemain matin. Elle avait prévenu James.

- Pas de photo aujourd'hui, je suis malade !

Il n'était pas content. Elle s'en foutait. Elle avait appelé la réception.

- De la camomille !

Elle avait placé le bol tout chaud sur son ventre. Les buscopans avalés feraient bientôt leur effet. Les douleurs allaient s'estomper. Elle n'avait rien pris pour la tête. Elle ne s'occupait jamais de cette partie-là.

Parfois pendant les photos, elle voyait le désir s'allumer dans les yeux des hommes présents alors elle oubliait furtivement son visage. Mais ces regards se limitaient à son corps parfait, la flamme du plaisir n'atteignait jamais son visage.

Nonna mettait toujours deux cuillères à café de miel dans sa camomille. Elle en buvait toute la journée. Esperanza en avait avalé pour la première fois lors de ses règles.

– Nonna, nonna.

Dans les toilettes, Esperanza pleurait. Elle avait montré sa culotte tachée à sa grand-mère.

– Moi aussi carina, je les ai eus à onze ans. Les italiennes, elles sont toutes faites comme ça. Des vraies femmes !

– C'est pas gai !

– Ma si carina, on va fêter ça. Je t'invite chez le chinois.

Sans attendre Toniello et Isabelle, elles étaient parties au "Lotus bleu". Au restaurant, tout le monde connaissait nonna. Chaque fois qu'elle venait, elle disait que c'était pour son anniversaire et elle recevait ainsi le dessert gratuit et un petit cadeau.

Ils avaient tous compris son manège, mais personne ne lui disait rien. Nonna, ce n'était pas n'importe qui !

Elle avait reçu ainsi toute la collection des verres à saké. Elle buvait et les hommes se déshabillaient sous ses yeux pleins de rires.

– Nonna, tout le monde nous regarde.

Nonna riait encore plus fort.

Un jour, elle avait même appris aux serveurs à danser la tarentelle. Ils avaient obéi dociles et sérieux, mais une lueur amusée brillait dans leurs yeux.

La vieille dame faisait tout pour se faire remarquer et attirer tous les regards. Peut-être espérait-elle ainsi rendre Esperanza invisible ?

Dans le supermarché, Esperanza ne savait pas quoi prendre.

– Maman m'a dit des OB, les petits. Il paraît que c'est facile et pratique.

– Tu vas quand même pas mettre ça, Jézou, Jézou, on dirait des bouts de saucisson.

Esperanza avait tenu bon.

Chaque mois son visage se couvrait de gros boutons blancs. Elle avait pris l'habitude de les percer. Elle attendait trois jours qu'ils soient bien mûrs. Elle s'asseyait alors devant le miroir de sa chambre. Nonna avait insisté pour le placer là. Esperanza l'évitait sauf ce jour-là. Dès le matin, elle tremblait d'excitation, l'esprit occupé par cette seule pensée : le soir, elle toucherait son visage, elle le mutilerait davantage encore.

Elle en faisait pipi dans sa culotte. C'était toujours le même cérémonial. La nuit tombée, elle s'enfermait dans sa chambre. Elle préparait la bouteille d'éther et les boules d'ouate.

Elle pressait chaque bouton entre ses doigts. Elle capturait ce qui en sortait dans le morceau de ouate. Elle aspergeait le bouton percé d'alcool, de beaucoup d'alcool. Son visage brûlait, son ventre la chatouillait. Elle enfermait les morceaux d'ouates sales dans un plastic avant de les jeter dans la poubelle du jardin.

Le regard effaré de Toniello et Isabelle était sa récompense. Ils n'osaient rien dire et baissaient la tête. Seule nonna s'emportait :

– Carina, fais attention ! Tu vas avoir des cicatrices.

Mais son visage n'était qu'une immense cicatrice ! Après Lorenzo, le rituel s'était affiné encore.

# Toujours là-haut sur la montagne

Esperanza se sentait libre auprès d'Umberto dans la maison sur la montagne. Au téléphone, Isabelle avait insisté.

– Je veux la voir ! Je viendrai avant Noël.

Toniello était parti skier. Il lui avait écrit une lettre. Elle avait attendu une semaine avant de l'ouvrir.

*Esperanza,*

*Umberto m'a dit que tu as l'air apaisée chez lui. Je l'espère vraiment mais je n'arrive pas y croire tout à fait. As-tu jamais été heureuse ? Et même du temps de nonna ?*

*Je sais que tu n'as pas envie de me voir et franchement je te comprends.*

*J'ai tellement eu l'habitude d'être aimé même adulé. Je ne t'ai pas donné grand-chose... J'en suis incapable.*

*J'ai pensé que cette photo te ferait plaisir.*

*Je t'embrasse et je pense à toi.*

*Toniello.*

Isabelle avait débarqué avec les jumeaux et cela avait été l'enfer. Pendant une semaine, ils avaient envahi chaque centimètre de son territoire. Esperanza s'était réfugiée dans le confessionnal pour écrire. Tranquille.

... Des pas... Elle entendait Umberto parler.

– Je croyais qu'elle était ici mais je me suis trompé.

– Vous lui direz que je suis passé.

Elle ne reconnaissait pas cette voix. Elle avait attendu cinq minutes avant de sortir du confessionnal. Umberto était à genoux devant la croix, il priait.

– Tu es là ? Lorenzo est passé.

– Qui ?

– Le garçon des poèmes ! Tu te rappelles ? Il est là pour quinze jours. Se reposer, il m'a dit.

Ils avaient fait l'amour dans l'église vide. Esperanza et Lorenzo ! L'autel avait accueilli leurs corps maudits. Elle brûlait. Elle sentait son cœur battre si fort comme s'il allait éclater !

"Au bout de cinq mois, le cœur disparaît..."

Sa respiration oppressée lui faisait peur. Elle ne comprenait pas. Elle n'avait jamais fait cet effet-là. Sa voix rauque l'avait fait vaciller.

– Esperanza

Elle avait levé les yeux vers son visage. Il était rouge. Il avait avancé les mains vers elle. Il tremblait. Il avait enlevé le pull noir qu'elle portait et étonné, il regardait sa poitrine avec un air gourmand. Ses doigts posés sur elle comme une marque au fer rouge. Sa culotte était trempée. Elle n'arrivait plus à se retenir.

– Esperanza, parle-moi, parle-moi.

Elle en était incapable. Il la suppliait.

Elle avait fermé les yeux et les mots coulaient de sa bouche, ceux-là mêmes qu'elle avait écrits quand la première fois il lui avait frôlé la main. Comme une chatte sauvage, elle avait reculé, les yeux meurtriers.

– Je suis une sorcière et tu es mon pieu qui me torture et me pénètre. Lentement tu m'écartes, je ne suis plus que sang et pourtant je crie encore. Viens me brûler. Je veux goûter ta liqueur et mourir de ton poison.

Elle l'entendait haleter comme un chien après une course folle. Après qui courait-il ?

– Encore, encore.

Soudain elle avait eu envie de rire. Elle avait eu un flash : une scène du film, “Un poisson nommé Wanda”. Jamie Lee Curtis jouissait quand son partenaire parlait italien.

– Encore, encore.

Son regard chargé de désir et de souffrance avait effacé son sourire.

– Ton pieu viendra fouiller mes entrailles. Ta lave musquée viendra me figer. Et toi, te nourriras-tu de mes abats offerts au vent ? T’enivreras-tu de mon sang ?

Elle était nue à présent. Il la regardait intensément, son désir bien en évidence. Les mots tremblaient dans sa bouche.

– Ton corps, ton corps… comme tes mots, me subjuguent. Esperanza au corps parfait… Esperanza qui me tue.

Il s’était déshabillé à son tour. Il était maigre, la peau traversée des traces de son accident comme des blessures de guerre, boursouflées par endroits. Les greffes avaient laissé leurs empreintes sur son torse recomposé. Il avait les cuisses roses comme un bébé.

Dans quelques mois, la guerre serait finie pour lui. Son corps rentrerait dans les rangs, sa peau se hâlerait pour ne plus porter que quelques fines éraflures. Il pourrait oublier. Esperanza caressait son visage goûtant déjà son absence.

Il avait voulu l’embrasser, elle avait refusé et haussé le ton.

– Tu fais ce que tu veux avec le reste, mais tu ne touches pas au visage.

Il avait obéi. Il se vautrait dans chaque repli de son corps. Il humait son aine, son aisselle. Il croquait ses mamelons, léchait l’intérieur de ses cuisses comme un affamé impossible à satisfaire. Il l’avait enfourchée et il la pénétrait lentement.

Elle ne voulait pas crier et se mordait l'intérieur des mains pour se rendre muette.

Il avait joui sur elle. Elle avait pris la nappe de l'autel pour s'essuyer.

– A toi maintenant ! Et il l'invitait à explorer son corps.

Elle avait embrassé goulûment son torse couturé. Il gémissait. Elle avait promené le duvet de ses joues sur sa poitrine pour la caresser et cela augmentait son excitation. Il l'avait agrippé par sa tignasse en désordre et il avait dirigeait sa bouche vers son sexe. Elle ne l'avait jamais fait. Ses dents mordillaient en cadence l'objet ainsi offert. Il frémissait. Elle s'amusait.

– Carina, tout ce qu'on raconte là-dessus est exagéré. Moi j'ai toujours trouvé cela ennuyeux.
– Moi je crois plutôt que ton nonno n'a jamais trouvé ton point G.
– Le point G, che cose è ?
– G… Gémissement suprême, Goulûment Goûter au plaisir, Gigantesque cri de jouissance extrême.
– Mama mia, ça existe ça ailleurs que dans les films ?

Ils se retrouvaient tous les après-midis. Le lieu de rendez-vous était à chaque fois différent.

Aujourd'hui ils l'avaient fait au cimetière, au sous-sol dans le rayonnage urnes en tout genre.

Il avait apporté une couverture. Elle se rappelait de l'odeur entêtante du lilas.

Son plaisir avait été si intense qu'elle s'était sentie devenir lilas et elle volait portée par le vent. Le vent qui grondait... Elle entendait de loin sa voix.

Elle était revenue à la conscience des mots qu'il prononçait sans arrêt en la pénétrant.

– C'est à qui ce petit trou ? C'est à qui ?

Elle trouvait la situation un peu ridicule.

– C'est à qui ce petit trou ? C'est à qui ?

Pour mettre fin à cette scène grotesque, elle avait hurlé.

– C'est à toi et basta !

Il avait souri heureux et l'avait embrassée par surprise. Il était trop doux. Elle aurait aimé qu'il soit brusque et emporté, qu'il lui fasse mal.

– Tempérance, tu souris tout le temps. Cela fait plaisir à voir. Tu pourras bientôt revenir à Bruxelles et reprendre tes études, n'est-ce pas ?

– Je ne reviendrai jamais. Je veux rester ici.

Isabelle avait blêmi. Les jumeaux jouaient une partie d'Uno. Comme d'habitude, ils se disputaient.

– Ne fais pas semblant d'avoir mal, maman. Occupe-toi plutôt de tes enfants.

– Mais tu es mon enfant, Tempérance.

– Ceux-là te ressemblent. Moi je suis la semence du diable. Laisse-moi.

Elle avait claqué la porte et était restée tout l'après-midi dehors.

– Si tu partais sur une île déserte, qu'est-ce que tu emporterais ?

La question bateau ! Ridicule ! Elle avait essayé de ne pas montrer son agacement.

Il était étendu sur elle. Ils avaient choisi le fournil abandonné pour se retrouver. Des chats y avaient élu domicile. Ils étaient pleins de puces.

– Moi je prendrais une guitare et un cahier. J'écrirais des chansons. Elles parleront de toi. Et toi ?

Elle se mordillait la lèvre pour réfréner son rire. Elle caressait un chat noir qui n'avait plus qu'un œil et dont la patte de derrière pendait.

– Moi j'emmènerai la photo que mon père m'a envoyée.

– C'est quoi ?

– Une photo de Sophia Loren, un autographe en fait. Mon père l'a gagné à un concours. C'était lui qui avait renvoyé le plus de bons.

– ?

– Les bons sur les paquets de pâtes. Je ne sais plus le nom… Buitoni, Miracoli, Fellini ?

Pendant des mois, il a mangé des pâtes midi et soir.

– T'en ferais quoi de la photo sur l'île ?

– Rien.

Il était déçu.

Isabelle était repartie. Esperanza avait obtenu trois mois de répit. Son oncle avait insisté.

– Jusqu'à Pâques au moins, après on fera le point. Toniello est d'accord.

Isabelle essayait de cacher sa colère et sa déception.

– Lui, bien sûr.

Acculée, elle avait finalement cédé.

– Mais je reviendrai à Pâques et là tu rentreras avec moi. Et je veux que tu me parles quand je téléphone. C'est compris ?

Esperanza avait dû promettre, encore et encore. Elle avait mis son masque de la gentille petite fille pour la scène de l'adieu à la mère.

– Oui maman. Mais toi aussi tu vas me manquer. Je t'écrirai et je te téléphonerai. Promis. Elle n'en pensait pas un mot. Elle voulait juste retrouver son havre de paix, son sanctuaire. Elle voulait pouvoir le profaner à sa guise dans les bras de Lorenzo.

Umberto avait invité Lorenzo à souper pour le soir même, après l'office. Esperanza avait traversé le village pour lui donner le message d'Umberto.

Lorenzo logeait chez son oncle, la dernière maison avant la pente, chez Fabrizio le cordonnier. Elle était entrée dans la boutique. Le jeune garçon n'était pas seul. Ses cousins l'avaient rejoint pour le week-end. Ils dévisageaient Esperanza sans aucune gêne. L'un d'eux avait même mimé une envie de vomir. Elle était repartie sans un mot. Lorenzo ne l'avait pas suivie.

Trois entailles juste sur le sourcil gauche, trois petites coupures à peine visibles, des gouttes de sang… Un beau sang clair sur ses poèmes, sur son cahier aux feuilles bordées de mots ensanglantés. Au petit déjeuner, Umberto s'était inquiété.

– Esperanza, tu t'es blessée ?

– No zio, c'est lui.

Umberto remuait sur sa chaise comme si une colonie de fourmis lui piquait les fesses.

– Ma qu'est-ce qu'il t'a fait ?

– Rien, il m'a laissée faire.

– Tu leur as dit que tu venais me rejoindre ?
– Non, ils ne comprendraient pas.
– Quoi ?
– Ce qu'on vit tous les deux.
– Nos parties de baise ?
– Mais non qui tu es vraiment et qui je suis. Ce que nous vivons.
– S'envoyer en l'air en se faisant bouffer par les puces, m'enfourcher dans la puanteur des bouses de vache, tes yeux pleins de pitié, mon visage cassé et ton pieu genre canif de poche qui veut faire oublier ton corps décomposé… nos vies de rêves, quoi !
– Esperanza, mais tu es folle.
– Oui Lorenzo. Je viens de la liqueur du diable. Je suis celle qu'on ne montre pas, celle qui fait honte.

# Sur ses pattes

Nonna était en Belgique depuis plus de trois mois. Les affrontements entre elle et Isabelle éclataient régulièrement. Dans la salle de bain de ses parents, Esperanza avait pris le tube de rouge à lèvres de sa mère. Elle l'essayait. La porte avait claqué. Toniello et Isabelle étaient dans la chambre. Ils se disputaient. Toniello paraissait excédé.

– Donne-lui du temps. Elle a quitté son pays, ses amis. Elle essaye de trouver ses marques, sa place chez nous.

– Crois-moi, elle l'a trouvé sa place. Mais toi, tu ne vois rien. Tu ne comprends pas son jeu.

– Mais enfin, Isabelle, ma mère n'est quand même pas le diable.

Isabelle se dirigeait vers la salle de bain. Esperanza ne savait pas où se cacher. Sa mère avait horreur qu'elle touche à ses produits de maquillage ou à ses vêtements. C'était interdit !

La petite fille avait ouvert la fenêtre, elle était montée sur le rebord. La fenêtre donnait sur une cour pavée, celle des voisins du dessous.

– C'est pas la peine de discuter avec toi, tu joues à être aveugle. Je vais me rafraîchir.

Isabelle avait ouvert la porte de la salle de bain et Esperanza avait sauté.

– Jeune fille, c'est dangereux ce que tu as fait.

– Mais les chats retombent bien sur leurs pattes.

Isabelle avait les yeux rouges.

– Mais tu n'es pas un chat, Tempérance.

– Je suis quoi ?

– Une petite fille. Ma… notre fille.

Toniello tirait nerveusement sur le col de sa chemise.

Le psychologue les observait tous attentivement.

– Pourquoi as-tu fait cela Tempérance ?

– Je voulais pas que maman me voit avec son rouge à lèvres, je voulais pas être grondée. Elle dit toujours, maman, que je peux pas utiliser son rouge à lèvres parce que je le gâche.

Nonna était assise sur l'unique chaise de la chambre. Elle dodelinait de la tête.

– Tempérance, pourquoi crois-tu que ta maman a dit cela ?

– Parce que sinon je vais l'abîmer, parce que je suis laide.

– Laide ?

– Oui, moi je croyais qu'avec un peu de son rouge, je deviendrai comme elle, mais ça marche pas. Faut que je trouve autre chose.

Isabelle et Toniello étaient abasourdis. Gênés ils n'osaient pas regarder le psychologue.

Nonna s'était levée joyeuse.

– Carina, on cherchera ensemble, d'accord ? Mais en attendant, tu es ma beauté à moi.

Le psychologue s'était dirigé vers la porte en emmenant Toniello et Isabelle.

– Madame, monsieur, je crois qu'il faudrait entamer un travail familial. Vous avez des choses à exprimer, tous ! Croyez-moi c'est important ! Je reste à votre disposition, si vous désirez des informations.

Le psychologue était parti. Esperanza devait passer une nuit à l'hôpital : faire quelques examens, s'assurer que tout aille bien.

Nonna avait proposé de dormir sur le second lit de la chambre. Isabelle s'était enfuie, soulagée. Toniello semblait mal à l'aise.

– Tu es sûre, mama ?

– Ma si, va.

Nonna avait pris le livre de contes d'Italo Calvino. Elle avait installé un coussin sous le plâtre recouvrant le bras d'Esperanza et elle avait commencé sa lecture.

L'infirmière de service leur avait apporté deux bols de riz au lait chaud. Nonna lui avait dit que c'était son dessert préféré.

– Oh, comme vous êtes gentille. Venez vous installer près de nous. Une petite histoire pour une douce nuit, ça vous dit ?

Et l'infirmière s'était assise sur le lit d'Esperanza. La petite fille se sentait à la fête, le centre de tous les intérêts. Le bipeur avait retenti et l'infirmière était sortie de la chambre.

– Je reviendrai plus tard avec une surprise. Nonna avait continué son histoire.

– Bianca est si belle. Elle fait tourner la tête à tous les hommes. Son père, fâché, la chasse. Elle part sur les chemins avec sa nourrice Fiore. Elles ont froid et elles ont faim.

En route, elles rencontrent trois cavaliers. Tous sont séduits par la finesse des traits de Bianca et sa démarche élégante. Ils veulent l'embrasser. Bianca leur jette des cailloux et elle s'enfuit avec Fiore. A la nuit tombée, les voilà dans un village perdu au sommet d'une montagne. Elles sont désespérées.

– Ben dis donc, nonna. C'est pas gai ton histoire.

– Elles dorment dans la rue. Le lendemain matin, très tôt le matin, une vieille de plus de cent ans est enterrée. Comme Bianca et Fiore s'ennuient, elles accompagnent la vieille au cimetière. Le curé voit Bianca et veut l'embrasser.

– Encore ?
– Fiore le chasse à coup de chaussures. Alors, Bianca a une idée. Elle enlève la peau de la vieille avec un couteau et elle s'en recouvre comme un déguisement.
– Et elle devient vieille ?
– Si
– Et elle reste ainsi ?
– Pour la vie.

Un jour, Esperanza avait découvert la version originale du conte d'Italo Calvino et elle avait compris toute la tendresse de nonna.

– Et elle devient vieille ?
– Si
– Et elle reste ainsi ?
– Pour la vie.

Nonna !

L'infirmière était revenue avec du chocolat blanc.

– Ta nonna m'a dit que c'est celui-là que tu préfères. C'est vrai ?

Esperanza était aux anges.

– Nonna, on pourra revenir ?

Toniello et Isabelle n'avaient jamais téléphoné au psychologue pour prendre rendez-vous. Ils avaient préféré faire semblant d'oublier.

La chute, l'écorchure, l'éclaboussure.

# London by night

Esperanza avait décidé de quitter la petite maison d'Umberto sur la montagne. Elle ne voulait plus rester en Italie. Lorenzo avait essayé de la revoir. Elle avait refusé. Il avait fait le mur pour la rejoindre dans le jardin d'Umberto. Elle était furieuse. Elle ne l'avait pas laissé parler. Elle l'avait frappé à coups de poing et à coups de pied.

Umberto avait retrouvé le jeune garçon dans la cuisine. Il pleurait. Il saignait du nez et ses vêtements étaient déchirés. Il n'avait pas voulu raconter ce qui s'était passé.

Le lendemain, Esperanza rentrait en Belgique. Elle avait refusé de retourner à l'école. Isabelle ne voulait pas en entendre parler, mais son père n'avait pas insisté.

– Esperanza, tu peux rester ici. Prends le temps dont tu as besoin. Lis, repose-toi et on en reparlera à la rentrée prochaine, en septembre.

Elle pensait souvent à Lorenzo. Elle le détestait. Elle avait eu la faiblesse d'en parler à sa mère. Isabelle avait trouvé la solution.

– Tempérance, laisse-moi prendre un rendez-vous chez le professeur Muller. Il paraît qu'il fait des miracles. Tu verras, je suis sûre que tu en seras heureuse.

Esperanza avait accompagné sa mère chez le professeur. Il avait l'air ravi de la rencontrer.

– Un beau challenge.

Il avait photographié le visage sous toutes les coutures. Il avait retouché les photos transférées sur son ordinateur.

– Voilà ce que je te propose. Pour les sourcils et les joues, une épilation électrique. Une chirurgie pour recoller les oreilles. Il faudrait penser à un travail d'orthodontie pour retrouver l'alignement des dents. Je pourrais remodeler le nez et dans un avenir plus lointain le menton doit être raccourci. Voilà à quoi tu ressembleras. Tu deviendras comme les autres.

Le professeur Muller semblait fier de lui.

Esperanza regardait l'image renvoyée par l'ordinateur. Elle ne ressentait rien.

Isabelle sautillait sur place comme une puce en chaleur.

– Ça te plaît ? Tu es contente ?

Couchée sur son lit, Esperanza touchait son visage, les sourcils, le front. Elle tirait sur les oreilles jusqu'à ce que cela fasse mal. Le professeur avait dit qu'elle deviendrait enfin comme les autres.

– Et je serai qui ?

Elle n'avait pas dormi de la nuit et au petit matin, les mots s'étaient bousculés sur ses lèvres.

– Je ne pourrai jamais. Si je touche à ce visage, je disparais. Je n'existe plus. Nonna… Je t'efface et moi, je n'y survivrai pas.

"Homme 45 ans, aime plaisir de la nuit, cherche jeune femme pour péché interdit, pas trop jolie."

Elle avait répondu et il avait fixé rendez-vous. Elle était sortie la nuit pendant que Toniello dormait. Elle avait pris un taxi jusqu'à Gand.

Dans une boîte de nuit sombre, pleine de bruits et vide de mots. Il l'avait observée de haut en bas.

– C'est parfait.

Une nuit parmi tant d'autres, l'amour sans amour.

Ecarter les cuisses et le laisser venir quel qu'il soit. Des hommes sans visage.

Le monde du maudit lui ouvrait les bras. Elle s'y glissait jusqu'à la chute, l'écorchure, l'éclaboussure.

Un soir, elle avait fait ses bagages : deux grands sacs. Elle avait vidé son compte avec sa carte. Nonna y avait laissé une belle somme. Esperanza était partie sans laisser le moindre mot.

Elle avait su plus tard qu'Isabelle et Toniello avaient averti la police. Umberto était venu en Belgique pour soutenir son frère. Même Lorenzo avait été interrogé. Mais personne ne savait rien. Esperanza n'avait pas d'amis, aucune confidence échangée. Elle se connectait sur Internet dans des cybercafés, le matin très tôt pour ne pas croiser de regards.

Elle avait juste téléphoné à Umberto.

– Dis-leur que je vais bien. C'est tout.

Umberto avait essayé de la faire revenir à la maison, mais il ne trouvait pas d'argument.

– Je prierai pour toi.

– OK. Mais choisis Saint Antoine, alors. Ciao.

Elle avait pris l'Eurostar. Elle s'était installée à Londres, elle ne connaissait pas un mot d'anglais. Elle avait repéré une chambre à louer dans une pension française. Elle avait rempli sa fiche : dix-huit ans.

Pendant le voyage, Esperanza s'était recouvert le visage d'un châle noir, avec son bonnet et ses grandes lunettes de soleil, elle semblait très mystérieuse.

La jeune fille avait prétexté une retraite nécessaire à l'écriture d'un roman. La propriétaire, Miss Dubois, flattée d'héberger une romancière incognito n'avait pas demandé ses papiers d'identité.

Esperanza payait régulièrement son loyer et ne recevait jamais personne : la locataire idéale. Elle disait écrire le jour et trouvait son inspiration dans les rues la nuit. Miss Dubois ne demandait qu'à la croire.

A Londres, elle avait erré dans la rue à la recherche d'un endroit où s'anéantir. Des hommes l'abordaient mais elle les repoussait. S'ils insistaient, elle découvrait son visage, sa face rustre et clownesque les décourageait. Elle portait sa peau de vieille à vie.

Dès que la nuit tombait, la jungle reprenait possession de la ville. Esperanza avait repéré un couple bon chic bon genre qui s'embrassait sans aucune retenue au milieu de la rue. L'homme avait passé la main sous la veste du tailleur de la femme et il la caressait. La femme avait ri aux éclats. Le couple s'était remis en route, Esperanza l'avait suivi. Ils étaient entrés dans un club : *Fascination* . Elle avait voulu leur emboîter le pas, mais un sorteur lui barrait la route et elle était repartie.

Le lendemain soir, elle avait mis sa tenue de combat sous son large manteau : une mini-jupe rouge, des bas résilles, des chaussures à talons, au moins dix centimètres et sa poitrine était serrée dans un haut transparent.

*Fascination*, elle avait sonné et entrouvert son manteau. Le sorteur l'avait détaillée de haut en bas, il s'était attardé sur son magnifique corps, il avait l'air d'apprécier. Mais son visage ne semblait pas non plus lui déplaire. Il l'avait invitée à franchir le seuil du club et la nuit l'avait dévorée.

... Nuit après nuit... jusqu'à l'oubli... Mais Esperanza, l'oubli n'existe pas.

Elle avait écumé tous les lieux de rencontre insolites de Londres. Elle ne sortait que la nuit. Elle fréquentait des clubs de baise où tout était permis. Elle se faisait appeler hybride.

Hybride n'avait peur de rien.

– Esperanza, tu dois être forte. Quand je ne serai plus là…
– Ne dis pas cela nonna.
– Ecoute-moi, quand je ne serai plus là, ne laisse personne te dicter sa loi, personne !

Elle se sentait comme les Minotaures, mi-homme, mi-animal. Elle, c'était plutôt mi-ange, mi-démon. Son visage ingrat rendait son corps encore plus beau. Où était-ce ce corps parfait qui donnait à son visage cette laideur grotesque ?

Elle fascinait. Ils voulaient tous la prendre sauvagement. Ils l'attendaient. Elle était désirée.

Dans l'oppressante lumière de la nuit, tout semblait permis.

Elle se sentait parfois comme l'attraction d'une foire : la femme à barbe, l'enfant à la gueule de chien. Elle, elle était l'ange inachevé ou plutôt l'ange désavoué, celui qui a péché et qui a été puni. Celui qui ne verra plus jamais le jour et dont le visage est maudit.

– What 's your name ?
– Hybride

Elle possédait ses partenaires. C'était toujours elle qui dominait. Elle s'aveulissait, mais elle choisissait sa fange.

L'argent de nonna fondait dangereusement vite. Une année d'errance, de décadence… jusqu'à James.

C'était dans un de ces clubs qu'elle avait rencontré James. Il n'avait pas voulu la toucher.

Il préférait regarder. Cela avait duré toute la nuit.

Au matin, elle était partie épuisée. Il l'avait suivi.

– Je suis photographe, tu m'intéresses. Voilà mon adresse, contacte-moi.

Elle téléphonait régulièrement à Umberto.

– Zio, je travaille. Je gagne ma vie, et bien même.
– Lorenzo est venu cet été. Il a demandé de tes nouvelles.
– Dis-lui que je suis morte.
– Esperanza !
– C'est vrai zio, Esperanza est morte !
– Jézou !

A l'autre bout du fil, elle en était sûre. Umberto se signait en invoquant les saints.

Nonna adorait les saints. Elle allait tous les dimanches à la messe.

– Les saints, carina, il faut en prendre soin. On ne sait jamais ! Ils adorent les bougies. Mais il faut bien les choisir. Il y en a qui ne sont pas terribles. Le meilleur, c'est Saint Antoine, lui il m'a toujours exaucé. A l'église, c'est celui que je garnis le plus.

Nonna était aussi un peu sorcière. Elle surgelait des pétales de roses pour les jours de grand orage. Si les éclairs et les coups de tonnerre éclataient dans le ciel, elle recouvrait entièrement le perron de la maison de pétales.

– Ça éloigne les mauvais esprits !

Quand j'étais petite, on n'avait pas de roses à la maison, alors on jetait des images saintes sur le sol. A cinq ans, j'ai jeté une peau de banane et tu sais, carina, ça a marché. Le tonnerre a grondé très fort comme s'il avait glissé et on ne l'a plus entendu de toute la journée.

Si Esperanza avait mal à la tête, nonna préparait son matériel pour chasser le mauvais œil. La vieille dame prenait une assiette creuse pleine d'eau et de l'huile d'olive. Elle passait son index huilé sur le front d'Esperanza. Les gouttes d'huile qui tombaient bien rondes dans l'assiette représentaient les malédictions lancées et annulées.

– Carina, je te l'ai dit. Quand quelqu'un te regarde trop longtemps, attention au malocchio. Il te jette un mauvais sort. Fais-lui les cornes avec la main gauche.

Isabelle s'énervait.

– Nonna, je vous en prie, ne lui mettez pas en tête de telles croyances.

Isabelle lui prenait l'assiette des mains pour la rincer et la laver. Dès qu'elle avait le dos tourné, nonna se signait. La vieille dame attendait le soir pour recommencer l'opération en cachette dans la chambre d'Esperanza.

– Nonna, tu aurais dû être là quand j'étais bébé. Tu aurais pu chasser tous les malocchio ! Tu sais j'en ai eu sûrement beaucoup, c'est pour cela que j'ai cette tête-là.

– Carina, le mauvais œil n'atteint jamais le cœur. Le tien est magnifique et tout brûlant de mon amour.

Dans ce monde de la nuit, Umberto restait le repère de sa vie d'avant, son allié.

– Esperanza, la police te recherche. Ils croient que tu es dans un autre pays. Ils veulent lancer un avis de recherche international. Ils veulent te ramener à la maison.
– Jamais ! Plutôt mourir ! Dis-leur zio, plutôt mourir.

Umberto avait dû être très convaincant. Isabelle et Toniello avaient demandé aux policiers d'arrêter les recherches.

Cette vie avait fini par la fatiguer. L'obscurité et sa liberté illusoire ne la trompaient plus. Le jour réapparaissait et son inévitable vérité.

– Je suis laide !

A night in London, elle dessinait le contour de sa bouche avec un crayon brun. Un fin pinceau la recouvrait d'une couleur chaude. Elle n'ouvrait jamais les lèvres, ses dents chevauchées en désordre devaient être cachées à ses yeux. Elle fixait sa bouche si intensément qu'elle en louchait. Ce matin, l'envie l'avait ressaisie. Elle lui nouait le ventre, l'empêchait de respirer. Il fallait qu'elle agisse, qu'elle y réponde. Elle avait ouvert la boîte à camembert de nonna pour y prendre la lame de rasoir. Elle tremblait comme un alcoolique ne manque et elle avait lardé sa joue poilue de coups de lames. Sang impur qui coule de dégoût… jusqu'à tacher les feuilles de son cahier noir, jusqu'à la délivrance. Elle était trempée, son œil hagard regardait sa joue meurtrie et une sourde jouissance lui labourait le bas du ventre.

Les photos l'amusaient, elles payaient son loyer et plus encore. Esperanza recevait une coquette somme pour chaque séance. L'argent de la salissure, de la luxure.

Elle ne faisait plus l'amour depuis quelques mois, cela allait durer des années, mais elle ne le savait pas encore. Elle en avait assez de la ville, en surfant sur Internet, elle avait découvert une petite maison en Sicile pas très loin de Palerme, dans un hameau : soixante âmes. Pour ses dix-huit ans, elle s'était offert cette maison. Elle s'y était vite installée. Elle ne revenait à Londres que pour le travail. James ne connaissait pas son adresse, juste un numéro de téléphone.

Elle avait engagé la vieille Maria. Elle venait une fois par semaine laver la maison, repasser et faire les courses. Esperanza appartenait au village maintenant. Pour tous, elle était la signora nascosta, la femme cachée. Elle ne sortait jamais. Maria leur avait raconté que la signora avait eu un accident grave qui l'avait laissée défigurée. Esperanza n'avait pas démenti. Cette vie recluse lui convenait tout à fait. Quand elle partait à Londres pour les photos, elle laissait entendre une visite chez le médecin...

Abritée derrière les murs de sa maison, Esperanza avait commencé son premier roman, "Sous la passion des tropiques". Elle l'avait signé E. Nascosta.

Elle s'était amusée à y mettre tous les ingrédients : un homme aisé et séduisant, musclé mais énigmatique et surtout impressionnant et une jeune fille très belle en difficulté financière et en détresse psychologique. La jeune fille craint tout d'abord l'homme mais finit par découvrir son cœur immense sous sa carapace tortueuse. Esperanza y avait ajouté un soupçon de sensualité.

– Ils furent heureux et eurent beaucoup d'enfants.

Esperanza avait écrit le roman en deux jours en riant comme une enfant. Elle l'avait expédié aux Editions Colombine, collection Torride. Une semaine plus tard, elle recevait une réponse positive.

– Zio je suis devenue romancière. Je raconte la vie en couleur rose bonbon. Je suis un écrivain modèle.

Son jeu de mots la faisait rire. Umberto ne savait pas qu'Esperanza posait pour des photos sexys. James en avait fait son modèle préféré. Les photos se vendaient bien. Ce visage obscène accentué par un lourd maquillage sur ce corps sublime… comme un masque. La plupart des clients imaginaient que les traits étaient faux, truqués, exagérés, mais la difformité apparente les excitait au plus haut point. C'est ce qu'ils écrivaient à Esperanza. Elle avait reçu des centaines de lettres via le magazine pour lequel elle posait. Elle en avait lu une dizaine avant d'aller vomir dans les toilettes. Par la suite, elle avait exigé que chaque lettre reçue soit immédiatement déchirée et jetée. Elle pouvait demander tout ce qu'elle voulait, elle était le "mannequin" vedette de la revue.

Lors d'une séance, James lui avait présenté Renato, un étalon allemand.

– On pourrait varier les photos. Les gens en ont sûrement marre de te voir seule. Avec Renato, ce sera plus bandant.

… La chute, l'écorchure, l'éclaboussure…

– Je reviens.

Elle était partie dans la loge. Elle tremblait tellement que les vêtements lui échappaient des mains. Elle avait tout jeté dans son sac. Elle avait remis son déguisement de voyage : un jean informe, un gros pull, sa veste, son bonnet, son écharpe et elle avait couru jusqu'à la station de taxis. A la gare, elle avait pris le premier train en partance. Elle était descendue à Manchester.

"Bed and Breakfest"

Son téléphone mobile professionnel n'arrêtait pas de sonner. C'était James. Elle l'avait jeté contre l'armoire et piétiné jusqu'au plus petit débris. Elle avait dormi une journée entière sans manger.

Le lendemain, elle avait réservé un vol pour Palerme. Elle n'était jamais revenue à Londres.

– Esperanza, tu ne fais pas de bêtises, au moins ?
– …
– Appelle tes parents, ils sont tellement inquiets… Ti prego Esperanza. Ou à moi un numéro de téléphone où te joindre. Je ne le donnerai pas à tes parents.
– Non zio, il vaut mieux pas.

Quand Umberto insistait trop, elle raccrochait. Alors, il évitait les sujets délicats, les conseils ou les jugements. Il ne voulait pas rompre le contact. Il discutait de tout et de rien.

– Esperanza, tu sais, Jézou, il a eu un petit. C'était une ânesse ! Giuseppe a changé son nom. Maintenant, elle s'appelle Judas.

Un peu de lumière dans le cœur d'Esperanza,
Esperanza qui ne voit pas
Esperanza qui meurt à chaque pas
Et qui ne le sait pas.

Dans ses romans, elle décrivait un mode de rêves sucrés jusqu'à l'écœurement.

– Elle baissa les yeux, les joues rosies par la chaleur du soleil. Il lui souleva le menton et plongea les yeux dans son regard si tendre. Il était beau. Elle se sentit en sécurité et prit la main qu'il lui tendait.

C'était déjà son quatrième livre. Esperanza vivait presque en ermite. Elle téléphonait encore à Umberto et la vieille Maria venait chez elle régulièrement. Mais elle passait le reste de son temps à écrire et à lire. Les jours s'écoulaient. Elle n'avait plus jamais recontacté James.

Son corps était au repos. Il n'était plus pénétré, plus touché, plus sali, mais elle continuait à taillader son visage. Elle creusait profondément chaque ride. Elle laissait ses épais sourcils prendre possession de son front, le duvet de ses joues s'accentuait et elle s'en réjouissait.

Elle s'était réveillée en criant. Elle avait fait un cauchemar. La veille, Umberto avait insisté.

– Isabelle veut vraiment te parler... au pire, t'écrire. Elle dit que tu lui manques tellement. Elle s'en veut.
– Et papa, il ne dit rien lui ?
– Si... Il me demande toujours de tes nouvelles.
– Et il te téléphone souvent ?
– Non, pas vraiment.
– Esperanza, combien de temps vas-tu nous punir ? Et de quoi ?

Parfois son corps se révoltait, elle se réveillait les jambes ouvertes, le sexe humide, elle avait envie d'être lacérée de coups de verges, mais Esperanza ne voulait plus y répondre. Elle avait repris la ritournelle de nonna.

– Jézou, Jézou, je ne recommencerai plou.

Ces jours-là, elle prenait un long bain pour calmer son corps et elle écrivait.

Son carnet noir se remplissait de mots durs, âcres, gluants et elle déversait dans ses romans roses des paroles fades, creuses, éthérées.

Elle avait aussi commandé par correspondance un vélo d'appartement pour ces jours où son corps la trahissait, où sa peau tremblait comme une droguée en manque, quand l'odeur du foutre s'insinuait dans ses narines, que ses jambes se dérobaient. Elle en avait le vertige.

Elle enfourchait son vélo et elle pouvait pédaler pendant des heures jusqu'à ce que son corps arrête de la brûler.

– Nonna, tu sais si on ne fait plus l'amour, y'a tout qui se rebouche et on ne sait plus faire pipi.

Isabelle avait blêmi.

– Qui t'a raconté ça ?

– C'est dans la cour. J'ai entendu les grands. J'étais aux toilettes, ils étaient juste derrière ma porte.

Toniello avait éclaté de rire. Nonna avait pris son air sérieux.

– T'en fais pas carina, dans ce coin-là, la voie est toujours libre.

– Tu fais encore pipi, nonna ?

– Bien sûr.

– Et tu fais encore l'amour ?

Isabelle avait laissé échapper un verre. Il s'était brisé sur le sol.

– Tempérance, tu es vraiment impolie ! Tu arrêtes maintenant.

Toniello avait l'air de beaucoup s'amuser.

– Et ça veut dire quoi faire l'amour ? Tu as aussi entendu les grands en parler ?

– Non, ça je sais.

– Oh ! Isabelle ne tenait plus en place.

Nonna semblait intéressée.

– Dis-nous, carina.

– C'est quand le monsieur il aime beaucoup la madame, alors ils font l'amour.

Toniello insistait.

– Et ils font quoi ?

Esperanza réfléchissait, elle fronçait son mono sourcil tout en se mordillant les lèvres.

– Alors, c'est comme de la gymnastique, mais ils sont tout nus. Et puis ça fait mal et ils crient.

# Sicile

"Cette nuit, mon trou a gémi.
Il halète, il a faim de néant.
Il m'engloutit de désir.
Les lèvres béantes, il attend mon amant.
Celui au long pieu, celui qui me brûlera de son feu.
Je l'appelle mais il n'entend pas.
Ses yeux se voilent loin de moi.
Mes mains s'assèchent affamées de ses caresses.
M'a-t-il perdu ?
L'ai-je oublié au détour d'un sentier ?
Ses lèvres sur mon corps n'étaient-elles que le baiser de la mort ?
Celle qui foudroie les âmes et se rit de l'amour.
J'aimais ce garçon nommé Lorenzo.
J'aimais son corps sillonné et marqué de ses anciens maux.
A-t-il seulement existé cet archange de douleur ?"

Quand Esperanza avait fugué, elle n'avait rien laissé à ses parents, mais elle avait envoyé ce poème à Lorenzo. Elle fermait ainsi une tranche de sa vie, celle de l'espoir en la lumière. Elle s'était préparée ainsi à plonger dans les ténèbres de la nuit.

Elle s'était réveillée en sueur. L'été était pourtant loin derrière elle. Le vent faisait battre les volets contre les fenêtres, son ventre se déchirait.

Cela faisait deux ans qu'elle vivait seule dans sa maison sicilienne. La vieille Maria était sa seule compagne. Elle aimait bien Esperanza. Elle ne parlait pas beaucoup, elle était de la race des taiseuses et des réservées. Pourtant, des gestes anodins pour certains étaient chez Maria les marques d'une réelle affection.

Esperanza avait trouvé à plusieurs reprises un bouquet de fleurs sauvages sur la table de la cuisine. Maria lui apportait parfois du pain tout chaud cuit le matin même chez elle ou encore des œufs de ses poules. Mais elle ne s'attardait jamais sur ses présents.

– Les poules ont trop pondu, c'est bête de laisser pourrir les oeufs. Je vous ai apporté du pain, il m'en restait... Les fleurs étaient sur mon chemin, alors je les ai cueillies.

Maria souriait rarement. Sa peau était tannée par le soleil et elle semblait aussi coriace que la vieille Maria elle-même. Au bout de deux ans, Esperanza ne savait toujours pas si elle aimait cette discrète présence. Qu'est-ce que cela lui avait apporté d'aimer ?

La veille, la vieille Maria lui avait laissé pour dessert un morceau de panettone.

Le morceau de gâteau en main, Esperanza avait été incapable d'ouvrir la bouche pour le manger. Elle l'avait jeté dans la poubelle et elle était allée se coucher. Incapable de dormir, elle s'était levée beaucoup plus tard pour récupérer le morceau.

Elle l'avait nettoyé avec un mouchoir propre, celui bordé des initiales de nonna, et elle l'avait regardé pendant de longues minutes avant de l'avaler miette après miette.

Les yeux fermés, elle dégustait. Cela avait duré des heures. Le panettone avait le goût salé de ses larmes qui coulaient sur ses joues velues.

– Nonna.

Elle avait pris le premier avion pour Bruxelles. Elle était allée directement au cimetière. Sa valise à la main, elle remontait les allées.

Elle avait oublié les regards de curiosité qu'elle pouvait provoquer, les rires gênés, les réflexions naïves des enfants et la pitié que parfois elle suscitait. Elle avait eu droit à toute cette panoplie pendant son voyage. Elle se sentait fatiguée. Cela avait réveillé la douleur de son visage, comme une blessure mal soignée et purulente.

Elle marchait à l'aveuglette, lisant chaque nom, imaginant ainsi un pan de chaque histoire. Elle souriait des inscriptions surmontant certaines sépultures.

"Nous t'avons délaissée dans la maladie, nous ne t'oublierons pas dans la mort."

"Ton chien Roxy aboie sans arrêt, tu lui manques."

"Une voiture t'a fauché, tes morceaux nous avons ramassés, ta mémoire nous ne pourrons oublier."

Et elle l'avait vue. Une plaque de marbre gris, surmontée d'une croix blanche et sa photo... Nonna... Sa photo, dernier clin d'œil de la vie. Nonna dansant la tarentelle.

Elle s'était assise sur la pierre. Elle avait parlé. Cela avait duré des heures. Les mots avaient le goût salé de ses larmes qui coulaient sur ses joues velues.

– Un jour, tu m'as montré le miroir et terrifiée, je m'y suis découverte.

Elle était passée à la banque de Toniello.

– Monsieur le directeur ne reçoit que sur rendez-vous.

La jeune fille au guichet avait pris sa voix pincée.

– Dites-lui qu'Esperanza est là, il viendra.

Cela lui avait valu un regard dédaigneux dans lequel elle pouvait lire à livre ouvert.

– Pour qui elle se prend celle-là avec la tronche qu'elle a ?

La porte de sécurité s'était ouverte avec fracas.

Le père d'Esperanza avait à peine changé. Quelques cheveux gris peut-être et quelque chose dans les yeux... Lassitude ?

En quatre ans, sa fille était devenue une femme : un corps affiné, des traits affirmés et un visage plus grossier encore.

Toniello avait l'air content de la voir.

– Umberto ne m'a pas prévenu.

– Je ne lui ai rien dit.

– Tu vas bien ?

Tous les regards étaient tournés vers ce couple si mal assorti.

– Esperanza, on peut se voir, ce soir, demain, quand tu veux ?

– Non. Je suis seulement de passage. Je dois y aller.

Quelque chose dans les yeux... Tristesse ?

Toniello s'était avancé vers Esperanza pour la prendre dans ses bras, elle avait reculé jusqu'à la porte. Il avait baissé les bras, un pauvre sourire sur les lèvres.

– Tu reviendras ?

– Je ne sais pas.

Une heure plus tard, elle prenait le train pour Libramont. Elle avait eu du mal à trouver un taxi pour Bertogne. Isabelle l'attendait sur le pas de sa porte. Toniello lui avait sans doute téléphoné. Le moteur du taxi tournait.

Mère et fille se dévisageaient.

– Tu aurais dû me prévenir, j'aurai pu être à l'extérieur ou en formation.

– Alors, tant pis.

Isabelle essayait d'être naturelle, mais tout son corps trahissait l'effarement face à Esperanza... Peut-être même son dégoût.

Les lèvres d'Isabelle étaient gonflées, avait-elle eu recours au talentueux professeur Muller ?

– Tu veux entrer ?

– Pas le temps.

Soulagement.

Le taxi avait ramené Esperanza à Libramont. Elle avait repris l'avion dans la soirée. Elle avait atterri à Naples, loué une voiture et elle avait roulé jusqu'au village en haut de la montagne.

La nuit était tombée, l'église était encore ouverte. Elle s'était installée au dernier rang. Elle voyait Umberto éteindre les bougies devant chaque saint et il leur disait bonsoir à sa façon.

Il baisait la main de Sainte Rita, recouvrait les épaules de Marie d'un châle à paillettes, une casquette sur la tête de Jésus et une tasse de café fumant pour Saint Antoine. Sacré Umberto !

Elle riait dans le fond de l'église. Ses épaules tremblaient, son visage et son corps tout entier n'étaient plus qu'un énorme éclat de rire.

– Esperanza, tu es là, enfin ! Alléluia !

La vieille Maria lui avait préparé du riz au lait. Elle en avait tout le temps envie pour le moment. Assise sur le sol de la cuisine, elle avalait le dessert sucré à grands coups de cuillères. Elle avait fini d'aménager la deuxième pièce de l'étage. Elle y avait suspendu un très grand miroir.

Elle avait fait sa petite vaisselle et elle s'était couchée sur le sofa pour une sieste. Elle se déplaçait de plus en plus difficilement. Elle traînait son gros ventre comme un boulet.

Son visage n'avait jamais été aussi ingrat.

– Le masque de grossesse, avait dit le dottore Nocchio. Esperanza avait ricané.

Il était impossible de lire sur son laid visage ce qu'elle ressentait.

La sonnerie stridente du téléphone l'avait réveillée.

# ?

…

Comme une image sur un écran.

…

Les années étaient-elles passées ?

Esperanza rêvait-elle ?

Elle portait une robe imprimée léopard. Son visage s'était creusé de nombreuses rides, un sac fourre-tout sur l'épaule, un chapeau de soleil sur la tête, elle attendait.

Elle était dans le cimetière d'Evere. Elle venait de déposer un bouquet de roses rouges sur la tombe de nonna. Elle s'était couchée sur la pierre en chien de fusil, les bras tendus vers la photo de sa grand-mère, elle caressait du bout des doigts le visage de nonna.

Elle avait ouvert son portefeuille et elle avait étalé "sa vie" sur la pierre du caveau : photos, cartes de visite, petits mots… et elle lui avait tout raconté.

Elle était à présent debout dans l'allée centrale un bouquet de roses blanches à la main. Elle attendait.

A l'entrée, une Fiat était garée. Le chauffeur était-il un homme, une femme, un enfant, un amant ? Il l'attendait.

Le cimetière s'était soudain animé. Une voiture funéraire ouvrait la marche. Esperanza suivait des yeux le cortège des pleureurs.

De loin, elle avait vu le cercueil descendre dans le trou creusé pour lui.

Elle était restée là. Le fossoyeur recouvrait le cercueil.

Elle était restée là jusqu'au dernier grain de terre et elle s'était mise à danser la tarentelle. Le fossoyeur s'éloignait. Esperanza chantait.

Dans la fiat, le chauffeur, un homme, une femme, un enfant, un amant ? claquait des doigts en rythme.

Les années étaient-elles passées ?

Esperanza rêvait-elle ?

## Déjà parus dans la même collection :

**Didier de Lannoy**

### Jodi, toute la nuit

Cela se passe à NY USA, cela pourrait se passer dans une autre mégalopole où le monde bascule. C'est histoire de quelques heures de la nuit de deux personnes, Jodi, la jeune serveuse de bar et Elridge, le chanteur de blues.

C'est un livre sur la liberté des opprimés et des hors de compte, leur liberté par le geste et la parole, dans l'amour, la haine, la révolte, la violence. Et c'est un livre sur la liberté de l'écriture, qui met la littérature hors de ses gonds, mais prend le lecteur dans ses rêts.

■ 128 p. ■ 13,5*20,5 cm ■ 13 €

**Inge Schneid**

### Exil aux Marolles

En 1942, Inge Schneid a douze ans, elle est juive et laïque, comme toute sa famille. Soixante ans plus tard, elle écrit, pour nous, pour les siens… Ce récit est drôle, émouvant, fort, trépidant et enivré de soif de vivre et de rire…

"Je vivais une enfance heureuse entourée de nombreux oncles et cousins. Nous occupions une jolie maison entourée d'un jardin au bord du Danube où je faisais mes premières brasses. Une famille chaleureuse. Que fallait-il de plus pour être heureux ? Tout bascule lors de l'annexion de l'Autriche à l'Allemagne en 1938 par les nazis..."

■ 144 p. ■ 13,5*20,5 cm ■ 15 €

**Monique L***

### Debout en bout

Les Institutions de l'Etat et de l'Eglise sont en crise, le religieux déborde et cependant cherche sans cesse de nouvelles légitimités. Le livre de Monique L* se pose comme une expérience de doute et de combat dans le cœur du cyclone… C'est l'histoire d'une enfance privée de père dans une famille dévote, d'une adolescence maladive, d'un viol et aussi d'une soif d'absolu mêlée de fantaisie et de joie de vivre. Toutes ces passions humaines déterminent la vocation de Monique L*, religieuse et missionnaire. Jusqu'au jour où elle se révolte contre les malversations que ses supérieures l'obligent à commettre.

■ 128 p. ■ 13,5*20,5 cm ■ 13 €

Questions et débats de société, pédagogie, formation, récits de vie...

**www.couleurlivres.be**

# Table des matières



*Merci à Daniel Simon pour ce pari fou.*

Imprimé en Belgique